KB162235

성연시인선

5

산문의 살림살이

도서출판 성연

일상과 영혼이 어깨동무하면 이미지가 꽃으로 피고 고단한 삶일수록 시어가 깊어집니다.

석축을 쌓고 집 짓고 농사짓고, 메주 쑤고 장을 빚으며 살아온 삶은 노역勞役이 아닐 수 없습니다. 힘든 인생살이는 하늘이 나에게 벌(천형天刑)을 내려 인생의 의미를 깨닫게 했고 은혜(천혜天惠)를 내려 시인으로 세운 것 같습니다.

다만, 덕과 재주가 부족해 간난신고를 기워 글밭을 일구며 시를 쓰고 있습니다.

이제 그간의 삶을 아름답고 고결한 시로 엮고 싶어 네 번째 시집《산문의 살림살이》를 출간합니다.

이 시집을 읽는 독자들의 삶에 꽃피고 새들이 노래하길 손 모아 축원합니다.

2022. 2. 4. 봄맞이하는 날
부산 구봉산 화엄사 고심원古心院에서
메주 **고제웅**

2부. 이슬 맺힌 무궁화

3부. 오량보의 행적

4부. 사멸의 꽃이여

시집 평설

고제웅 시인의 작품들은 산사에서 수행을 통한 깨달음의 경지를 짧지 않은 장시로 나타낸 일종의 선시라고 할 수 있다. 압축된 선시와는 다르게 법문을 하는 것처럼 오도적悟道的 세계나 과정 체험을 옮긴 '알아차림 시'는 때 묻은 세속인들의 몸과 마음을 정화해주는 치유의 세계라고 할 수 있다.

　　생각하기에 따라 감옥이라면 감옥일 것이요, 파란 잔디가 펼쳐진 초원이라면 초원이랄 수 있는 《산문의 살림살이》를 펼치며, 서서히 그 심오한 법문 속으로 함께 들어가 보기로 한다.

예시원(문학평론가)**의 시집 평설**
〈산문 밖에서 들리는 오도송〉 중에서

제1부

청
보
리

밭

구절초

어머니
어머니 가슴은 하얀 하늘이었습니다
자식들이 애를 태우면 태울수록
더욱더 하얀 하늘이었습니다

말없이 돌아앉은 눈가에
이슬방울이 맺히시던 어머니
세상 어디에
어머니보다 순수한 사랑
하얀 하늘이 있겠습니까

자식을 위해 노심초사하시다가
구구절절이 앓은 관절염은
손발 마디마디에 열리는
하얀 하늘이었습니다

이제야 겨우 알았습니다
구절초 꽃이 어머니 같구나
어머니가 구절초 꽃과 같구나

꽃이 말 없는 종교다
어머니 사랑이 종교다
문득, 하얀 하늘의 종교 신자가 되었습니다

선객*

성불을 향한 간절한 의정*이
구름처럼 모이다 비처럼 흩어지고
걸머진 바랑 끈에 어깨가 죄여 안색이 붉어라
동공에 비친 오도悟道는
섬광 속의 연등이었네

다음 안거의 발길은
바람이 향방을 정하나니
오가는 연유는 묻지도 말라
조석은 꽃으로 피었다가
이슬 한 잔 마시었네

화두와 씨름하는 사이
밝은 달빛에
기력이 쇠잔하여라
냉수 한 모금에 청량골을 세워볼까
솔가지 그림자가 빚는 경단이나 공양할까
텅 빈 허공에 일원상을 쳤더니
연못 속 토우가 달그림자와 춤사위 밟네
만행 길에 허기나 때우려 난전에 들렸더니
장은 파장이 되고
저녁놀 따라 깃든 곳에서
깊은 밤중에 폐사의 빗장을 만져 보네

생사와 열반이 청산 계곡수로 흐르고 있네

* **선객**(禪客): 출가자와 재가자를 불문하고 참선 수행을 하는 사람.
* **의정**(疑情): 부처님처럼 깨닫기 위해 참선을 한다. 참선할 때 화두를 드는
  데 화두는 의심이 생명이다. 이 의심 덩이가 곧 의정이다.

시인의 나무

정서의 묵밭에 서 있는 감각, 지각, 인식의 나무는
감성에 가시가 돋고 상피에서 수액이 흘렀다

하얀 피가 흐르면 흐를수록
상처를 메우며 자라라고
은유와 상징으로 북돋워 주었더니
덕지덕지한 상처는 곪을 대로 곪아서
혈관 속으로 뿌리를 내렸다

마침내 육신이 날카로운 가시를 덮고
영혼이 옹이와 한 살이 되어
고요히 숨을 죽일수록
가슴앓이가 짙다

통증을 참다가 신음을 뱉어내면
각혈이 꽃처럼 피어나고
새들이 지저귄다

천벌을 받아 시인이 되었구나
다시금 생각해 보니
하늘이 은혜를 내려 시인이 되었구나
이것이 시인의 음보라서
사연에 젖은 눈물이 시리고 기쁘다

촛불

심지에 불붙는 순간 가슴이 타올라요
오장육부를 사르는 뜨거운 열기로
이 몸이 녹아서
촛농이 출렁이면
머리맡은 인당수
사방은 숙연함이 어리고
풍덩, 연꽃으로 낙화하는
가엾은 심청이의 가슴앓이와 눈물은 어찌하여요

심 봉사 장탄식을 서리서리 읊조리고
가냘픈 촛불이 툭, 툭
상쇠의 지휘에 따라
상모가 얼-쑤 이내 가슴을 휘감는 일을 어찌하여요

오오, 임이시어
밑놀이-춤으로 그윽한 정성을 들이오니
이 한 몸 모두 타서 사그라질 때까지
자진모리장단을 멈추시어

절체절명의 소신공양을 지켜 주서요

자화장*으로 어둠을 밝히오니
희망찬 새벽을 열어주서요

사랑과
은혜와
감사의
축복을 담아 기도드려요

* **자화장**(自火葬): 부처님의 제자들이 부처님 시신을 다비 하려고 나뭇단
에 불을 붙이려 애를 써도 불이 붙지 않았다. 그런 상태로 일정한 시간이
흐르자 부처님 몸에서부터 불이 일어나 자화장 하셨다. 또 부처님의 5대
제자 제다가 존자는 자신의 몸을 허공에 솟구쳐 열여덟 가지의 신통 변화
를 보이고는 스스로 불을 일으켜서 자화장 하신 것이 백운 경한(**白雲景
閑**: 1299~1374) 스님이 저술한 직지심경에 밝혀져 있다.

따오기

긴 부리로 수초를 휘젓다가
땅거미를 응시한
따옥따옥 소리가 슬퍼서 아름답구나

산 노을을 따라
사랑의 접근도
구애를 위한 나뭇가지 흔들기도
깃털 다듬어 주기도
전설의 고향으로 갔다지만
따옥따옥 소리가 슬퍼서 아름답구나

개구리 미꾸라지로
고봉 밥상을 차리던
호시절은 뒤안길로 사라지고
화학비료와 농약에 목이 쓰려
따옥따옥 소리가 슬퍼서 아름답구나

생은 이미 정지한 채
따옥따옥 처량한 소리
들릴 듯이 들리지 않아
보일 듯이 보이지 않아
창녕 우포늪에서
아아, 잔존을 인간에게 부탁함이여
따옥따옥 소리가 슬퍼서 아름답구나

부엉이 울음

칠흑 야밤에 적막을 가르는 울음소리는
얼마나 숭엄하더냐
주변 산천이 수묵담채화만 같더라

속귀 신경이 화폭 안으로 자꾸만 걸어가서
그리움으로 한 땀 한 땀 꿰맨 가슴이
구차한 누더기가 되어
어두운 밤 명멸하는
별빛 앞에서도 겸연쩍어라

임 향 한 사랑도 미움도 부끄러워
차라리 이 밤이 새지 말기를
네 울음을 따라
부-엉하고 비손하는 밤이어라

왼-밤을 울다가 지새워
각혈을 토할지라도
가자, 눈물 어린 고향 숲으로
정한을 따라서

매화

얼음장 헤집고 졸졸 쪼르르 졸졸
시냇물 소리가 제아무리 고와도
호오~
언 손 녹이며
빨래를 헹구는
눈가에 이슬이 핑그르르
누이의 얼굴에 홍조가 피었네

아아, 지조 높은 자태여
사랑이여
겨울 강이 얼마나 매섭더냐

새봄이라고 속적삼 옷고름 푸는
아슬아슬한 향기에
숨 막히는 멀미는 어쩌라는 것이냐

코스모스

꽃잎이 바람을 타고
하늘하늘
날고 있네

나, 시원한 바람을 타고
하늘하늘
날고 싶어

분홍, 다홍 그리고 하얀 옷을 입고
한 마리 나비가 되었네

아아, 꽃잎이 나비냐
나비가 꽃잎이냐

가을을 이처럼 날고 싶네

향달맞이꽃

임이여 손잡고 달맞이 가요
달빛이 차가워
풀잎에 이슬이 내리면
또르르 구르는 은구슬을 모아 세수하셔요

그럼, 당신의 민낯에 초승달이 어리고
초롱초롱한 눈빛 안에는 연당이 있어
나는 한 치의 망설임도 없이
푸른 연못에 뛰어들어
사노라 찌든 영혼을 씻겠어요

이윽고 달빛이 남산을 넘어가고
대명천지가 되어
이목이 두려워서
사랑도 부끄러워 이룰 수 없다면
"해님이 쓰다 버린 쪽박"은 어떠셔요

아아, 이별은 애달픈 정분이
금빛으로 더욱 밝아요

청보리 밭

소문이 날까 봐 주저앉은
청보리 밭
까칠한 턱수염에
앙큼한 계집애 웃음이
호호호, 바람결에 나부꼈다

보릿고개[麥嶺期]도 가뿐히 넘게 한 저 돌쇠들

상고대

부유하는 냉각의 아픔을 알랴마는
신음도 없이
가슴앓이 치는 신의 화판인가
오. 덕유산 서리꽃 비경이여

혼마저 거두어 절정으로 울고 싶다

두 눈의 가치

지인의 하소연이다

열심히 산 것밖에 죄가 없는데
험한 세상 얄궂은 것 보지 말라고
하늘이 앞을 가리신 것인지
때가 봄인지
까치가 울더이다
진달래는 피었습니까
개나리도 피었습니까
사대육신이 10만 냥인데
두 눈의 가치가 9만 냥인 줄
예전에는 미처 몰랐습니다
아아, 일상은 캄캄한 낭떠러지
어떻게 걸어가야 할지
생활이 적금 되었다 해도
셀 수 없으니
행복은 이미 도둑맞았습니다

잡초

네 사는 자리가 박토일지라도 모토다
엄마 만세 하고 축배를 들어라
만약에 내가 쓰러지면
너는 길을 내고
선대가 걸어왔듯이
짓밟히고 뭉개지고 뽑힐지라도
길을 내어라

민초가 하늘이다
생명을 품은 하늘은
짓궂은 일기처럼 남루하나니
비천한 형제가 쓰러지면
발을 내디디고
초토焦土를 당해도
다시금 싹을 틔워라

끈질긴 생명력 그 누구도 이길 수 없나니
잡초여, 초록별이 다할 때까지
만세를 불러라

달무리

머-언, 별 하나 깜박이면
슬픈 가슴에 기대어요

하늘의 꽃이 되셨기에
별자리 밟으며 장을 보서요
장은 다 보셨나요
고뇌와 수심은 얼마나 사셨나요

후일, 제 삶이 꽃 져 내리면
사뿐사뿐 은하수 딛고
마중 나오실 임이여
비천상의 솜털보다 부드러운 깃으로
내, 영혼일랑 포근하게 감싸 안아
달그림자 쪽배에 실어주서요

그리하시면 이승의 아픔과 격정으로
작사 작곡한 노래를 부르겠어요

오, 임이여, 당신은 현악을 타 주서요

다경茶鏡

미각이 깨어났다
찻잔은 기울고
감각 지각이 깨어났다
찻잔은 더욱 기울고
모든 겨를이 사랑이었음을 인식한다

빈 찻잔에
만월을 붙들지 말라
낙화를 보며 시를 읊조리는 것은
슬픔이다
빈 찻잔에
사랑을 노래함은 더욱더 슬픔이다

내 안에 탑을 쌓던
존재도
인연도
그냥저냥 가라고 하라

한 세상 지나고 나면 모든 것이 꿈이다

비가 옵니다

오오, 임이여 당신이 빗방울로 내리고 있습니다
당신이 오시니 풀도 나무도 합장 배례하고 손뼉 칩니다

산천초목이 물을 마십니다
목련이 마신 물이 목련화를 피우고
금잔화가 마신 물이 금잔화 꽃을 피웁니다
임이여, 꽃은 꽃이 아니라 당신의 미소요 얼굴입니다
때문에 이 몸도 내 모습이 아니라 당신의 형상입니다

임이여, 제가 먹고 마시는 것은
당신이 나를 통하여 자시고 마시는 공양입니다
오오, 노래도 시어도 숨결도
당신의 노래요, 시어요, 숨결입니다

나는 임께 가슴마저 드렸거늘 제가 어디에 있겠습니까
늙고, 죽음까지도 당신의 뜻대로 하셔요
오직, 아픔이 있다면 아픔마저 꽃으로 피우겠습니다

오오, 삼천리 산천에 비가 옵니다

종소리

울림만으로 노래가 되는 소리의 밥이
평화와 해탈을 한가득 싣고
중생의 가슴앓이를 닦아주러 가는 것인가
아침 이슬이 햇살에 영롱한 구슬이 되듯이
용왕의 골수에서 나왔다는
마니 보주 구슬처럼
종소리가 혼탁한 세상을 맑히려 일원상을 치고 있다

그대여, 따뜻한 물에 묵은 때를 밀듯이
영혼에 낀 업장을 닦자
어둠이 천지를 덮어도
맑고 청아한 소리의 바다는 얼마나 그윽한가
영혼을 적시는 보드랍고 아늑한
울림의 절정이여
절정을 꽃으로 피우는 타종이여
비천상이 창공을 날고 있다

가자, 종소리 안으로 걸어서 순백 세상에 가자

다실의 명심보감

내장사 다실의 차탁은 곰솔이 베어져 제작되었으리라
몸 지름이 석 자 남짓하니
생전에 푸른 꿈도 넉넉하였으리라
하지만 가슴 깊이 생生 옹이가 있었다

나뭇가지가 잘린 후 숱한 세월을 두고
목이 타는 가뭄과 풍상설우를 겪고
얼마나 피눈물을 흘렸어야
잘린 팔의 상처를 아물리고
영과 육이 한 살이 되었을까

나무의 인고 앞에서 일상다반사를 말하며
끽다하는 스님들이여
참선, 독경, 염불삼매보다도
인욕바라밀이 최선의 수행임을 아십니까

부처님도 옛적에 인욕선 인으로 계실 때
가리왕에게 몸이 베이지고
죽임을 당하시면서도

마음은 오히려 잔잔한 호수
성냄도 비애도 원망도 없으셨네
그 공덕으로 석가모니불로 탄생하셨음을 아십니까

우리도 요람에서 저 언덕에 이르는 동안
가지가지 사연과 쓰라림이 있나니
뉘라서 인생의 수면에 돌팔매를 던질 수 있습니까

아아, 생로병사 속 희비애락을 보며
길을 묻습니다
무엇이 도道며, 이정표 없는 길은 어디로 가야 합니까

물음에
찻상은
넉넉한 품과 나이테로 거울이 되었습니다

몽경 夢鏡

내 삶이 초가집 낙수에 걸쳐 있었다

마침 소낙비 그치고
햇빛이 초가집 마당을 비추는데
떨어지는 나는
톡,
물방울로 일었고
칠색 무지개가 영롱했다
내 영혼이 꿈의 저쪽에서
이곳의 삶을 음미하는 시각
내 삶이 초가집 낙수에 걸쳐 있었다

영혼의 색상

바위 속에서 구슬을 굴리는 것 같은 음성이 울렸다
볼우물을 파는 연한 웃음소리다
망치질 소리를 듣고 눈을 뜨며 잠투정하는 소리였다

탁! 탁! 탁! 돌을 쪼아내는 석공은
어두운 하늘을 걷어낼 뿐
자신의 재주나 소질을 첨가하지 않았다
옛날 옛적 희로애락 칠정七情을 따라 정 끝으로 길을
내며 다녔다

마침내 한 여인이 자리에서 일어섰다
키는 작지만, 광대뼈 실한 그녀가 일어섰다

화산이 터지고 마을이 묻힌 뒤
아아, 수만 년 잠들어 있던 호모 사피엔스 할머니가
시공을 건너와 무언으로 말씀하신다

"얘들아, 지구의 생명 부양 환경을 조심하여라
오작동하면 끝이다"

검정 고무신

길은 학교와 집으로 오가는 자갈길

까만 아이가 아이야 아 아
까만 고무신을
코스모스와 안고 걷다가
가을 고섶에 두고 온 동심에

까만 새들이 놀다가
똑 똑 흘린 눈물이
서리꽃 하얀 아침 회억 길에

구름 속 일기장을 우러러
걸음걸이 어깨걸이 책보 안에서
까만 몽당연필이 나누는 정담에

까만 아이가 아이야 아 아
코 훌쩍이는 가슴에
까만 고무신이 신명 났어야

석류

태양신을 숭배하는 자들이
신전에 제사를 지내고 있다

퍼렇게 날 선 칼로 배를 가르자
심장에서 뚝 뚝 떨어지는
선혈이 붉다

누가, 저 원초적 야만적 의식을 멈출 수 있을까

포로로 묶인 가슴마저
시큼 달콤한 맛에
두근두근 뛰고 있는데
유-세-차~ 하고
나도 몰래 읊조려지는 축문을
모두가 알아듣도록 큰 소리로 읊어야 하나

제상은 물리지도 아니했는데
뇌리에 강물이 흐르고
순풍에 돛단배가 미끄러진다

제2부

이
슬
맺
힌 무
궁
화

무궁화 만세

임이여, 당신은 가슴이 너무도 차갑습니다
잎, 꽃을 틔우고 산새를 울리던
따뜻한 옛정은 어디로 갔습니까
이제는 꽁꽁 얼어서 부스러질 것 같기에
작은 깃털이라도 붙들고 싶습니다

오죽하면 서릿발로 솟구쳐 칼날이 되었겠어요
이럴 때는 제 곁에 서지 마셔요
당신을 상할까 두렵습니다

임이여 해로 돌아서 나를 비추셔요
햇볕에 얼었던 가슴이 풀리거든
차라리 그때 힘껏 안아주셔요
나는 가슴이 사르르 녹아
속껍질을 한껏 부풀려 올릴 것이니
이 몸을 꺾어서 풀피리 만들어 부셔요
그리하면 피리 소리에 동면하던 눈을 뜨고
체조를 하듯이 혈맥을 따라 기울기 운동을 하겠습니다

하나 둘 셋 하며 눈물 어린 사랑의 삼투압이 이루어지면
뿌리 깊은 곳에서 면류관을 받들어 올릴 것이니
만세를 부르셔요

만세
무궁화 만세

삼천리 강토에 무궁화 꽃이 피었습니다

무궁화 구두

무궁화 나뭇가지가 야밤을 걷고 있습니다
걸어가던 나무의 정령이 전깃줄에 걸리어 울고 팽나무,
굴참나무, 소나무도 함께 웁니다
울음소리가 멎자 멀리서 풍경 소리가 들리어 옵니다
풍경도 뜬눈으로 밤을 지새웠는지
물고기 한 마리가 뎅그렁거리다가
허리가 아프다는 고목 둥치를 붙들고 웁니다

늙은 나무는 수상한 바람에 묻혀오는 사연도 제 살에
앉으면 모두 형제, 자매라고 합니다
또, 노파심에 손가락을 쥐었다 펼치며 "깨물면 아프지
아니한 손가락이 어디 있어요"라고 말하며 속정을 줄줄이
풀고 있습니다

엄지가 말했습니다. 검지 장지에 앉은 녀석을 보셔요
지난해 태풍으로 왔다가 무궁화 꽃잎을 갈가리 찢은
녀석이에요
그리고 약지와 새끼손가락에 앉은 녀석들은 어떻고요
무궁화 공주님 치마가 벗겨져 팬티가 보인다며 손뼉을
치며 망신을 준 녀석입니다

연약한 나뭇가지가 눈을 지그시 감으며 보셔요
저들의 키스가 나에게 유리 구두를 신겨주고 있어요
내 영혼이 구둣발 리듬에 맞추어 봄으로 가고 있어요
그냥 오는 봄이 어디 있어요
봄은 무서리, 진눈깨비, 는개, 꽃샘바람 모두 거느리고
아아, 잎눈 꽃눈의 가슴을 더듬으며 짓궂게 오고 있어요

나는 봄의 초석이기에 어떤 굴욕도 상처도 참으며 오직
모성으로 피어납니다
그리고 코로나-19의 창궐 때문에 힘든 자영업자를 위해
한 잎 두 잎 된장국의 구수한 정처럼 풀리며 모든 사람의
설움을 지그시 껴안으며 꽃눈을 깨우러 갑니다

오, 우리 영혼을 살찌울
꽃잎 구두여

무궁화의 안약

가지 많은 무궁화 나무는 바람 잘 날 없습니다

나뭇가지에 걸린 바람이 한을 절절히 풀면
꽃잎은 그들의 사연에 눈시울이 붉습니다
울다가 눈자위가 가려워 주먹으로 비볐더니
쓰리고 아파 눈을 뜰 수 없습니다

치유를 위해 손 모아 하늘에 빌어 볼까요
선사禪師께 감로수 같은 설법을 청해 볼까요
울다가 충혈된 눈은 달리 약이 없습니다

나무는 이 가지 저 가지에서
잎눈 꽃눈이 두 눈을 뜨지 못하고
아야, 아이야 하고 신음을 내다가
자지러지고 있습니다.

두 눈을 뜰 수 없으니
해와 달과 마주하지 못해
광합성마저 잃어버린 무궁화 나무여
하늘이 얼마나 원망스럽습니까?

험한 세상 보지 말라고
하늘이 나에게 은혜를 내렸구나
'아픔도 실명도 사랑해야지'라고 생각하며
합장하고 고해를 건너가세요.
그럼 심안이 열리고
육안 없이도
온 세상 모든 것이 환하게 보일 것입니다

육안만이 눈이 아니기에 소원이 간절하다면
나뭇가지에는 잎눈 꽃눈이 수없이 피어날 것입니다

내가 아니면 꽃 피울 수 없다는 고정관념을 버리셔요
뒤바뀐 망상을 버리면 두 눈은 핏발이 삭아
맑은 거울이 됩니다

이밖에 울다가 충혈된 눈은 달리 약이 없습니다

무궁화 립스틱

임이여, 제 입술을 찬찬히 들여다보셔요
립스틱 옅게 칠하고 미소 짓는 처연하도록 고운
가슴앓이가 아니 보이셔요
꽃잎이라서 당돌히 나서지도 못하고
한숨을 감추는 체읍이 아니 보이셔요

나는, 차마 여린 순정에 당신의 손길을 뿌리치지 못하고
임의 뜻에 따라 새벽같이 은구슬로 목걸이를 만들어
그것을 목에 걸어드렸어요

나와 손가락 거시고 무궁하게 꽃으로 피고 지자는 맹세를
잊으셨나요
근국*인 신라로부터
고려와 이조를 거쳐
대한민국의 국화로 미소하기까지 사연이 깊은데
넋 나간 자들 때문에 수렁에 빠지고 있어요

당신은 귀곡성 우는 밤길을 걷지 마셔요
별도 달도 두려워 숨었습니다

누군가 늪에 빠지며 내지르는 비명이 들리지 않아요

임이여, 등불 하나만 밝혀 주서요
그럼, 당신의 처소에 무사히 도착하리니
은은하게 유리 빛 립스틱 바른 입술을 보서요

노송 숲 그늘 아래 시내가 흐르고
뛰노는 물고기가 산을 그려요
산 밑은 아담한 초가집
신접살림을 차린 색시의 웃음보다
순박한 참사랑이 아니 보이서요

* **근국(槿國)**: 기원전 8~3세기 춘추전국시대에 저술된 산해경(山海經)에
"군자의 나라에 훈화 초가 있는데, 아침에 피었다가 저녁에 진다(**君子之
國 有薰花草朝生暮死**)."라는 기록이 있다. 또한, 당나라는 신라를 근국
(槿國: 무궁화 나라)이라고 불렀다는 기록이 전한다.

무궁화 꽃잎의 마스카라

연한 립스틱 살짝 바르고 민낯으로 피어났어요
제 입술이 아니 보이면
꽃잎에 마스카라 칠하고
속눈썹 살짝 떴다가 슬며시 감겠어요

임이여, 당신은 정녕 눈, 코, 입을 성형하고 진실을
감춘 채 헛웃음 짓는 모습이 좋으셔요
그런 얼굴과 새봄을 기약하시려고요
여름날의 폭염 속을 어떻게 걸어가시려고요

나는 당신을 위해 꽃잎의 치맛자락을 곱게 펼쳐서
이슬을 받겠어요
이슬방울을 모아 샘물도 마르고 목마저 축일 수 없을 때
촉촉한 입술을 드리겠어요
가슴이 으스러지도록 안아 주셔요
애무하는 입술 사이로 그간에 모았던 감로수를 드리겠어요
뿌리에서 가지 끝의 잎 새바람에 맺힌 한 방울
이슬마저 드리겠어요
탈수증으로 이 몸이 고사할지라도
당신을 사랑하다 죽어서
또다시 무궁화 꽃으로 피고 지리니
오, 임이여,
마스카라 칠하고
속눈썹 살짝 떴다가 슬며시 감는 순정이
일 년에 한 번 은하수를 건너
견우를 만나는 직녀의 심정보다
애틋함을 생각해 주셔요

이슬 맺힌 무궁화

단지, 무궁화꽃인데 왜, 화녀(化女)*라 부르셔요
그렇게 부르실 때마다 목메어요
무엇이 하늘의 기쁨인지 알았거늘
왜 비파, 거문고 가야금 등의 현악기를 타시며 저희의
아픔을 노래하셔요

임이여, 당신이 현악을 타시면
바르르 떠는 현이 공명관을 울립니다
그리하면 무궁화 꽃잎에는 한이 서리고
격정에 몸서리치다가 보면 낙화가 끝이 없어요

이제 하늘에서 현악은 그만 타셔요
곡조가 울릴 때마다 가슴이 미어져요
쓰라린 고통에 죽으려 해도
죽음마저 택할 수 없는 가슴앓이를
서러움에 뚝 뚝 떨어지는 하얀 은구슬을 모르셔요

* 화녀(化女): 부처나 보살이 변화하여 된 여인의 형상.

무궁화의 일심

나는, 사각사각 푸른 하늘을 꿈꾸는 누에가
싱싱한 뽕잎을 먹듯 무궁한 세월을 먹고 있어요
시공도 멈춰 버린 절대적 어둠의 끝이
마침내 사각사각 먹히며 여명이 동트고 있어요

여름의 길목에서 고치 속 어둠을 뚫고
우화등선하는 나방처럼
민낯 처녀의 어여쁜 얼굴보다
순수한 아름다움으로 수를 놓아요

해맑은 웃음이 온 천지에 가득한 꿈을 꾸며 임의
얼굴을 꽃잎 가운데 담아요

오오, 임이여, 평화로운 해와 달의 공양을 위해
나는 가시밭 험한 길마저 버리지 않았어요

초유 냄새 몰씬히 풍기는 젖내 나는
생명의 길임을 잊지 않았어요

무궁화 청원서

임이여, 나를 당신의 꽃이라 하시고 심고 가꾸지 아니
하면 그것은 허수아비를 꽃단장시키고 허무맹랑한 사랑과
가정을 꾸리는 것 아니셔요
당신은 메아리도 살 수 없는 긴 겨울밤을 지나
풀 한 포기 살 수 없는 사막의 모래 언덕을 넘으셔요
그리고 단풍이 꽃보다 아름답다고 하시며
산그늘에 숨어버린 그림자와 짝사랑하셔요
그럼, 후사가 생기셔요

나라꽃이라는 이름만 붙여놓고 심지 않고 가꾸지
않는다면 그것은 목숨을 빼앗고 죽음도 주지 않는 것을
모르셔요
차라리 제 이름을 거두어 망각의 보자기에 꼭꼭 싸서
칠흑같이 어두운 야밤의 절벽에 택배하셔요
나는 캄캄한 유배지에서 독립운동을 하다가 숨진 투사와
나라를 지키다가 숨진 병사와 얼싸안고 죽음을 안무
하겠어요

죽음 속에는 감각 지각이 없어요, 또한 인식도 없어요
따라서 임에게서 받은 천대와 멸시와 무관심도 텅 빈
절대적 어둠만이 있어요

어둠은 가장 편안한 안식이어요
임이여, 당신의 꽃이라 하시고 심고 가꾸지 아니하려면
제 상징에 죽음을 주서요

죽음은 키스와 배척이 손잡고 무궁하게 꽃피고 있어요

무궁화 삼강오륜

임이여, 무궁화 꽃잎을 세었더니 '금金이 수水를 생生하고,
수는 목木을 목은 화火를 화는 토土를 낳는다.'라며
상생을 말합니다
금이 수를 건너서 목과 관계하면 상극이 되고 수, 목,
화, 토 역시 하나씩 건너서 관계하면 이 또한 상극인데
남과 북은
어찌하여 형제자매끼리 상극되었습니까

누가 이 민족의 삼강오륜에 불장난하였습니까

우리의 국토를 짓밟고 정조를 짓밟고 가슴마저 짓밟은
외세는 유학儒學인가요, 신문물인가요, 꿈인가요

상극된 남북의 산천에 는개가 내리고 있습니다
는개 내리는 야밤에 무궁화 나뭇가지에 까마귀가 앉아
까옥까옥 울고 있습니다
연약한 가지가 새의 무게를 이기지 못하여 부러질
듯이 굽어 내리고 있습니다
땅바닥에 닿으려는 꽃봉오리가 등잔불을 켰습니다
가물거리는 불빛이 외로운 밤을 지키고 있습니다

닭이 꼬끼오 울며 홰는 쳤습니까
지난 정월 대보름날 닭 울음 점은 풍년이었습니까
점괘는 좋았다는데 건넛집 새신랑은 의처증을 앓고 있다
지요 아니 벌써 치매랍니까
새벽같이 어여쁜 색시에게 폭력하고 있다니
는개가 사람의 뇌수에 어둠을 덮고 있어 그런 것입니까

누가 이 민족의 삼강오륜에 불장난하였습니까

밤이 아무리 길어도 여명이 동터오고 해가 뜹니다
는개가 개이고 실바람이 꽃잎을 흔들고 있습니다
마침내 이슬방울이 그네를 타고 햇살이 은구슬에
꿰이어 영락璎珞이 아름답습니다
무궁화 꽃술이 영락의 빛에 들어 군무를 춥니다
그리고 올림픽의 성화처럼 횃불을 높이 쳐들고 홍익인간弘益人間을
외칩니다
보셔요. 무궁화 삼강오륜을

무궁화 옥새 玉璽

우리 민족이 국권을 잃고 가시밭길 헤맬 때
무궁화 나무가 교지에 옥새를 찍어 돌렸습니다
명을 받은 무궁화 꽃이 삼천리 강토에 피어났습니다

순결한 처녀가 무궁화 꽃을 머리에 꽂고
산모퉁이를 돌아가는데 숨어있던 장군이
총칼로 위협하며 능욕했습니다
정조를 유린당하고 순결을 잃은
억울함 때문에 목을 매었는데
절체절명의 순간에 발견되어 명이 이어졌습니다
이에 장군이 적반하장으로
"나라가 없는 자는 인격이 없다, 인격이 없는 자는 죽을
권리가 없다"라고 말하며 죽음마저 빼앗아 버렸습니다
나라를 찾는 것이 꿈인 처녀는 항상 무궁화 꽃을 머리에
꽂고 다녔습니다
이것을 본 장군이 터무니없이 "이 계집애야 알레르기 꽃이다
그 꽃을 버려라"라고 꾸짖었습니다
처녀가 "이 꽃은 금과옥조라 버릴 수 없다"라고 항거
하자 장군이 군홧발로 짓밟고 감옥에 가두었습니다

옥에 갇혀서도 목이 터져라 "대한독립 만세"를 부르다가
모진 고문과 형벌을 받고 처참하게 숨졌습니다
무궁화 꽃 정령이 파르르 떨며 처녀에게 다가와 입맞춤하자
삼천리 강토에 무궁화 꽃이 한없이 피어났습니다
장군이 군사를 이끌고 대한독립 만세 소리를 짓밟으면
짓밟을수록 만세의 물결은 파도 소리 더욱더 드높았습니다

세계는 한 나무에 핀 일화—和의 꽃이다
상생도 세계 일화로 꽃피어야 한다고
무궁화 꽃이 목이 쉬도록 외쳤지만
장군은 "나는 너와 상생할 수 없다"라고 말하며
우리의 자유와 평화를 짓밟고 압박했습니다
하지만 그것을 개의치 않고 상생을 실현키 위해
노심초사하다가 마침내 샛별이 되었습니다
그리고 "대한민국"에 입성해
무궁화를 표상으로 내걸고
공무원의 가슴에 배지를 달아주었습니다

배지를 달고 있는 이여
정녕, 당신의 가슴은 순수합니까
무궁화의 꽃 빛에 들어 영혼을 맑히서요

무궁화 풍문

어디서 그런 소문 들으셨어요
공연한 풍문을 듣고
유언비어 속을 달리며 귀를 막는 것은
아린 가슴을 송곳으로 파는 것 아니셔요

오해하고 눈길도 주지 않는 무관심은
사나운 맹수가 달려드는데
한입에 먹어 치우라고 응원하며
나의 죽음을 향해 손뼉 치는 것 아니셔요

차라리 피가 철철 흐르도록 매질하셔요
그리하면 참을 수 없는 통증으로
등불을 밝히고 칠흑 야밤의 숲길을 걷겠어요
험한 산길을 걸어가다가 자빠지고 뒹굴어서
진토가 되어도 당신을 원망치 않겠어요

아아, 임이여 말없이 곁눈질하며 보지 마셔요
당신의 눈 흘김에는 세상 어디에도 없는
차가운 냉기가 흐르고 있어요
임의 냉대에 세상이 꽁꽁 얼면 저희가 살 수 있겠어요

제발, 눈을 크게 뜨시고 귀를 여셔요
바라만 보아도 눈병 난다는 말은 풍문이어요
풍문의 진원지는 어디겠어요

근거 없는 유언비어에 현혹되지 마셔요

무궁화 일지

장독에 쌓인 적설량에 통행이 두절되었다고 말합니다

그래도 방안은 왁자지껄
걸 잡고
모다
총각이 외치는 소리에
동백이 그만 초경을 내질렀습니다

참, 환장하겠다니까
정월 대보름 달빛에
숨죽이던 무궁화 나무가
일기를 쓰고 있습니다

도 · 개 · 걸 · 윷 · 모
세상은 윷판처럼 묘하게
엮이고 움트고 있다
일기를 쓰고 있습니다

무궁화의 평화

무궁화가 꽃 피며 행복과 평화를 말했습니다

행복과 평화는
타인의 굴복에도 있지 않고
부와 권력에도 있지 않아요

햇빛이 앞을 비춤에
사랑도 미움도 없듯이
우리의 눈빛이 앞을 비춤에
너와 나를 넘어서
인류와 만유에 대한 겸애에 있어요

이 밖에 모든 것은
아름다운 꽃도 낙화가 생명이어요

무궁화 감로차

꿈 때문에 할 말도 많으시지요

차 한 잔 드시며
사연은 내려놓고
세상살이 아픔도 삭여 보셔요

세상은 화면의 영상처럼 지나갑니다

코로나-19가 창궐하는데
이 모임 저 모임 모두 챙기며 자상하신 당신
무사 안녕은 재수가 좋았을 따름입니다
세상이 어수선할 때는 꿈은 접고
은거하는 수도승처럼
묵묵히 지내며
가슴속 거울을 닦아 보셔요

그럼, 영혼은 때가 닦이어
밝은 거울은 틈마저 없어지고
마음은 명경지수가 되어
세상의 이치와 사리 판단이 환하게 밝아져요

핀 꽃이 바람에 지듯
세상살이도 세월에 지고 있어요

다만, 고요하고 평화스러운 당신을 위해
아름다운 무궁화 꽃잎을 펼쳐
아침이슬을 받아 감로차 한 잔 올리겠어요

제3부

오량보의 행적

주춧돌의 가슴

어느 돌은 사자로 또는 범이 되어 포효합니다
하지만 개의치 않으렵니다
민초의 삶을 인고하면서
대들보의 울음을 듣고
눈물을 닦아주는 주춧돌로 만족하며 한 말씀 드립니다

옛날에 도에 목말라 애타던 장군이
달마대사를 찾아 도를 구하고 있었습니다
밤새 내린 눈이 무릎을 덮어
동사 직전에 이르렀을 때
소림굴 안에서 나지막한 목소리로
"웬 놈이냐"라고 물었습니다
"도를 구하러 왔습니다"라는 대답에
"믿음을 바쳐라"하는 요구가 떨어졌습니다
장군이 곧바로 허리에 찬칼을 뽑아 자신의 한쪽 팔을
내리쳤습니다

도를 구하려는 지극한 정성에 천지도 감동했는지
엄동설한에 난데없는 파초 잎이 솟아올라
그것을 싹둑 잘라 잘린 팔을 감싸서 받쳤습니다

그로부터 모시기를 10여 년
"어떻게 하면 도에 들 수 있습니까"라고 물었습니다
"밖으로 모든 인연을 쉬고
안으로 헐떡이는 마음이 없어
마음이 장벽과 같아야
도에 들 수 있느니라"라고 법문해 주셨습니다
해가 대사가 수도하신 내력입니다

저희도 모암에서 잘려 나와 정 맞고 야를 맞으며 탄생했고
원망도 한숨도 오랜 세월 삭였습니다
불도佛道를 이루려면 몸과 마음을 바치고
우주 삼라만상이 고개를 끄덕이도록 인고해야 합니다

섬광이 번쩍하는 것보다 짧은
도道 깨닫는 순간을 위해서
향기는 천년을 가고 눈물이 만년을 적셔요

기둥의 입신立身

궁궐, 사찰, 고대광실 아니 오두막도
기둥이라면 기둥이 지닌 아픔이 있다

산채로 베어져 건축 현장에 끌려 온 수모와
잘린 팔의 상처
상처의 옹이마저 깎이고
벌거숭이로 눕혀져 먹줄을 맞고 대패에 밀린 가슴앓이가 있다

그리고 사랑스레 평방* 창방*을 껴안기 위해
톱날에 썰리고 끌로 다듬어질 때
인고하며 고해를 건넜다

장여*, 도리*, 오량*, 대들보 등 무수한 기와까지 받들며
상방*, 중방*, 하방*과 함께
벽과 문을 거느리고 모두를 품는다

재목이 되어 쓰임도 어렵지만
가치는 묵묵히 서
가슴을 다독여 인고로 양명陽明을 지킨다
셔터의 초점도 휴대폰의 소리와 진동도 배흘림으로 안는다

* **평방**(平枋): 기둥과 창방 또는 인방 재위에 얹혀, 공포나 화반 따위를 받치려고 올려놓은 널찍하고 두꺼운 가로 재.
* **창방**: 기둥과 기둥의 위에 가로질러 화반이나 공포 따위를 받치는 굵은 나무 처음으로 기둥 사이에 가로 건너지른 나무.
* **장여**(長欐): 도리를 받치고 있는, 길고 모가 나 있는 나무.
* **도리**: 집이나 다리 따위를 세울 때, 들보와 직각으로 기둥과 기둥을 건너 위에 얹는 나무.
* **오량**(五梁): 처마 도리와 중도리, 마룻대를 동자기둥과 대공으로 받쳐서, 도리를 다섯 줄로 놓은 지붕틀의 꾸밈새.
* **상방**(上枋): 창이나 문짝의 상부에 가로지르는 나무.
* **중방**(中枋): 벽의 한가운데를 가로지르는 나무.
* **하방**(下枋): 벽의 맨 아래쪽 기둥 사이를 가로지른 나무.

창방의 고뇌

통도사 대적광전* 에서 두런거리는 소리가 들린다

평방아, 압사하겠다
창방아, 안다
소로*, 장여, 도리, 서까래, 부연* 그리고 용마루*,
내림마루*, 추녀마루*와 기왓등 기왓골의 암키와 수키와가
엉덩이로 민다

오대산에서 온 첨차* 처녀는 그렇다 치고
제 년이 춘양목*이라고 자랑하는 도리 아줌마 있지
목욕은 언제 했는지 퀴퀴한 냄새 말도 마라
머리가 지끈지끈 숨이 멎을 것 같다

역겹고 허리가 끊어질 것 같은 통증에 나만 생각했나
보다
우리가 불목하면 기둥과 기둥이 손잡을 수 있을까
서로서로 뜻이 맞아야 너와 나를 넘어서 하나를 이루며
국보가 된다

산다는 것이 숨 막히고 답답하지만
작은 새가 지저귀는 소리 들어 보렴
하늬바람이 치부를 더듬는 수작에
몽정을 하고 말았다고 한다
그래, 참고 견디다 보면 꽃으로 피는데
창방의 고뇌는 안녕과 소통이다

통도사 대적광전에서 두런거리는 소리가 들린다

* **대적광전**(大寂光殿): 비로자나불을 본존으로 모시는 법당.
* **소로**(小櫨): 공포 부재에서 위쪽의 부재를 받아 아래쪽 부재에 전달하는
  역할을 하는, 장식적으로 만든 네모진 짧은 나무 쪽.
* **부연**(附椽): 처마 서까래의 끝에 얹은 네모지고 짧은 서까래.
* **용마루**: 지붕 가운데 부분의 가장 높은 곳에 있는 수평 마루.
* **내림 마루**: 용마루에서 추녀마루를 잇는 부분.
* **추녀마루**: 추녀의 바로 위에 기와를 여러 겹으로 쌓아 올린 등성이.
* **첨차**: 삼포(三包) 이상의 집에 있는 꾸밈새. 주두 또는 소로 위에 얹힌 짤
  막한 말굽 모양의 공포 부재로, 초제공(初提栱) 이제공(二提栱)의 가운
  데에 어긋나게 맞추어 짠다.
* **춘양목**(春陽木): 경상북도 봉화군 춘양면과 소천면 일대의 산지에서 자
  라는 소나무.

전각의 민초

도편수님 주두*나 동자주* 아니면 장여라도 만들어주실
일이지 저희가 목침인가요
당신들이 베고 자다가 꾼 꿈이 시리어 흐르는 눈물에
앞을 볼 수 없습니다

목수 김 씨가 궁궐, 사찰, 재실을 짓는다고
서울 삼 년, 부산 삼 년, 강릉, 경주, 목포, 대전으로
떠도는 사이
그의 아낙이 복사꽃을 피웠습니다

꽃샘추위가 살구, 앵두나무를 흔들고
검둥개가 멍멍 짖으며 밝은 달을 삼킬 때
아들도 견공의 소리가 사라진 곳으로 들어갔습니다

사십구재를 지내다가 미안하다, 다음 생에는
좋은 아비가 되어 주마, 눈시울을 붉히자
산새가 호르르 호죠, 조조…… 하는데
삭여 들으니 그때는, 이름도 얼굴도 모두 바뀌어

만나도 누군지 알 수 있을까
홀라당 벗고 나자빠져 내리뒹굴라고 합니다

하지만 소로로 만드시어
산굽이를 도는 고라니 울음
장끼와 까투리의 슬픈 얘기
보릿고개 시절의 월사금까지
굽이굽이 애환을 품을 수 있어 행복합니다

소로 없이 공포*는 쌓을 수 있을까
봉황도 앉힐 수 있을까
건축의 실용과 아름다움을 받드는 몸이라 행복합니다

* **주두**(柱枓): 기둥머리를 장식하며 지붕의 무게를 기둥에 전달하도록 짜
  인 넓적하고 네모난 나무.
* **동자주**(童子柱): 동자기둥. 들보나 툇마루, 난간 따위에 세로로 세운 짧
  은 기둥.
* **공포**(栱包): 처마 끝의 무게를 받치려고 기둥머리에 짜 맞추어 댄 나무 쪽.

중인으로 사는 주두

올려다본 머리맡은 촛가지*에서
연꽃이 피어나고
봉황이 지저귀고
불벽*은 야단법석 해탈이 푸르기만 합니다

하지만, 이 몸은 도리, 오량, 대들보마저도
머리에 인 망부석
기둥 밑으로 내려가면 연당이 있어
효녀 심청이도 만날 수 있으련만
하산은커녕 허리마저 펼 수 없습니다

또한, 봄이 되면 꽃으로 피고 싶은데
중인으로 사는 삶이라서
세금과 노역을 생각지 않을 수 없습니다

산다는 것이 이런 것인가요
설움에 울컥 목메는데
뎅그렁...
날밤을 지새운 물고기가

풍경을 치고 그 소리의 파문에서 핀
연꽃 한 송이 잡고서 미소를 짓습니다

아아, 이제야 알았습니다
평민이 세상의 중심이다
주두가 한옥의 중심이다
은인자중이 세상을 붙들고 있다는 것을 알았습니다

* 촛가지: 첨자(첨차)나 두공과 직각으로 만나는, 끝이 소의 혀 모양으로 삐
  죽하게 내민 공포 부재나 익공.
* 불벽佛壁: 법당(法堂) 같은 데에서 흔히 불상佛像을 그리는, 화반花盤과 화반
  사이의 빈 데를 메우는 흙벽.

말굽으로 달리는 첨차

주춧돌은 거암이고 기둥은 송림이다
숲에는 범이 포효하고 앵무, 공작, 봉, 극락조 등이 깃들어 산다
이같이 한옥의 건축 양식은 자연을 표상해 놓은 것이다

인적이 끊긴 고택이나 사찰에 가서
하룻밤 쉬면 말발굽 소리가 들리는 것 같다

생시 같은 꿈이었다
건물에 길이 있었다
평방 창방의 길이다

무사들이 활을 메고 창검을 들고 종횡무진 달리고
날짐승이 푸드덕 날아, 순간 가슴이 덜컥 내려앉았다

첩첩이 쌓인 다포*와 제공*은 이미 정情의 삼림森林이 시작되었고
삼림 속은 생존경쟁이 치열했다
사느냐 죽느냐 하는

처절한 몸부림 앞에 깜짝 놀라 가슴이 덜컥 내려앉았다
희생양이 되지 않으려 황급히 법당문을 열고 들어섰다가
뜻밖의 정황에 놀라지 않을 수 없었다.
밖과는 달리 법당 안은 니르바나가 숨 쉬고 있었다

텅 빈 충만의 공간에서
소원성취를 빈다는 것은 어불성설이다

하지만 어둠을 뚫고
중생의 간절한 심정을
하늘에 전하는 비천상이여
단청의 바탕색이 푸른 것은
너의 심상을 표상한 것이 아니냐

이 때문에 너는 중생의 푸른 소원을 기록했다가
야밤에 그 누구도 몰래 날개를 퍼덕여
산신, 용왕, 재석 천을 만나
인생의 복덕을 담론하고 재수 대통, 안과태평安過太平
등을 실어다가 법당이란 연못에 푸는 것 아니냐

대자대비를 무조건 베푸는 것으로 생각지 말라
부처님 곁에는 신장들이 늘어섰나니
섬뜩한 창검의 칼날을 앞세우고
삿된 소견을 부수려 늘어섰나니
주인공아, 너는 합당한 행위와 목적으로 삶을 살아왔는가
아아, 부처님 곁에 신장단이 있듯이
도리 밑에는 말발굽을 표상한 첨차가 있나니
신들이 인간의 선악을 싣고
또각또각 마차를 달리고 있다

참회를 위해 꿇어앉은 방석과 첨차 사이는
아아, 고뇌가 꽃피는 길이다

* **첨차(檐遮)**: 삼포(三包) 이상의 집에 있는 꾸밈새. 주두 또는 소로 위에
  얹힌 짤막한 말굽 모양의 공포 부재로, 초제공(初提栱), 이제공(二提栱)
  의 가운데에 어긋나게 맞추어 짠다.
* **다포(多包)**: 기둥의 위쪽뿐만 아니라 기둥과 기둥 사이의 공간에도 짜 올
  린 공포(栱包).
* **제공(提栱)**: 공포에서, 첨차와 살미가 층층이 짜인 것.

은폐된 장여의 사랑

소나무는 산 등을 따라 도열했다

삶은 언제나 청청하고
곧아야 한다며
한 점 부끄럼 없이
하늘을 우러러 푸르게 걷다
영문도 모른 채 사슬에 묶여
어느 날 부산 강서구 송정동의 제재소로 압송되었다

염의*를 입은 스님이 사장과 수군거렸고
수상하다는 생각이 들었는데
기술자가 겉살을 자르고
직사각으로 제재하더니
부산 동구 초량동 화엄사로 이송시켰다
도편수가 훑어보더니 조각이나 치장도 없이
대패로 반반히 곱게 밀고 톱으로 자른 후
집을 짤 때 공포에 얹어 도리의 아내로 시집보냈다

전각이 지어진 후 단 한 번도 체위는 바뀌지 않았다
남편은 육중한 몸으로 누르며 그 짓을 했고
나는 언제나 폭행을 당하고 있다
부처님께 하소연해도
우리네 법당 부처님은
등신불이라 등신인가
잔잔한 미소를 던질 뿐 대자대비는 없었다

입담이 좋은 주지 스님의 법문이 있었다
뉴스에 여자가 남편을 묶고
성폭행했다가 피소되었다고
아아, 나도 체위를 바꾸면 숨이 트일 것인데
탁,
법상을 두들기며
장여가 도리 위로 올라가 체위가 바뀌면
화엄사 대적광전 전각은 어찌 되느냐고 일갈을 던졌다

삶은 몫이 있다
주추는 주추의 몫
기둥은 기둥의 몫

촛가지는 촛가지의 몫이 있다

하늘의 별빛도 삼태성, 북두성, 사자자리, 오리온자리
낱낱 별들이 자리를 지키고 있어
밤하늘이 아름답듯
부재들도 부재로써 몫을 다할 때
한 채의 전각이 원각*을 이룬 모습이다

* **염의**(染衣): 먹물인 들인 스님의 옷.
* **원각**(圓覺): 석가여래의 원만한 깨달음.

연화 천 불 촛가지* · 1

대적광전의 촛가지를 제작하려고 대패질을 하다가
휴식을 위해 반가부좌*를 틀고
들숨 날숨을 가다듬었다
그런데 아아, 부처님의 가피인지
겸행한 좌선과 노동의 피로가 겹쳐 졸도한 것인지
내 영혼이 후생에 들어 사다리를 타듯이
빛과 어둠의 층계를 건너고 있었다

선과 악이 교차할 때마다
선도 생각지 말라
악도 생각지 말라 다짐하며
층계를 의지해 하늘로 올라야 한다고 생각했다

층계 층계는 칼날 같은 가시였고
손이 가시에 찔려 '아야', 나 자신도 몰래 비명을 질렀다
말할 수 없는 통증에 스트레스가 쌓여
분노가 터지려는 순간 뇌리에 섬광이 번쩍했다

나는, '살아 있어 아픈 것이고
통증을 아는 것이 부처'라고 생각했다
그리하자 심안心眼이 열리고 세상의 이치가 확연해졌다

이런 경지에서 "메주야" 내 이름을 부르자
가슴속에서 "네" 하는 대답이 울렸다
아아, 나는 살아 있고
감각, 지각, 인식이 깨어 있으니
마침내 생불이 되어 고해를 건넌 것일까

* **촛가지**: 첨차나 두공과 직각으로 만나는, 끝이 소의 혀 모양으로 삐죽하
  게 내민 공포 부재나 익공.
* **반가부좌**(半跏趺坐): 참선할 때, 오른 다리를 구부려 오른발을 왼쪽 허벅
  다리 위에 얹고 왼발은 오른쪽 무릎 밑에 넣고 앉는 자세.

연화 천 불 촛가지 · 2

어깨뼈가 찢기는 고통에 쩔쩔매다가
'아픔도 사랑해야지'라고 생각하며 인욕을 닦자
날개가 치솟아 우화등선이 되었다
날갯짓으로 남은 층계를 올랐더니
녹갈색의 꽃받침에 손이 닿았고
심신이 연꽃 안으로 스미더니
꽃잎이 사르르 열리며 연화사 주지로 환생했다

희유한 일이다. 그런데 법당의 목재가 썩어가고 있었다
물속에 잠겨 있던 연꽃이 물 위로 올라와 꽃피며
꽃 가운데서 열린 법당이라서 그런 것인가?

여왕개미가 하늘로 치솟으며 날다가 오지에 떨어져
알을 낳아 일개미를 키우고
병정개미를 키우며 왕궁을 건설하듯이
사찰을 수리하고 도량을 확장하고 가꿔야 했다

다행은 사람들이 관광을 온다는 것
연화사 중수 불사를 말하자
기와 값으로, 기둥 값으로 시주가 들어왔다

한 번은 마루에 걸터앉은 한 거사가 거액을 시주하고
자리에서 일어나 가는데 다리가 무척 불편해 보였다
축원문 작성도 사양하며 가는 바람에
코끝이 찡해 장부에 투명을 기록해 두려고
종무소로 갔더니 이미 무소유가 빛나고 있었다
또, 법당 뒤로 갔더니 성명 삼자가 새겨진 미륵불상들이
쓰러질 듯이 방치되어 있었다
자신만 잘 되게 해 달라는 이승의 각명 때문이리라

저녁예불 종소리가 들려 가사 장삼도 수하지 않은 채
급히 법당에 들어섰더니 낯선 정황이 펼쳐져 있었는데
아름답고 거룩한 부처님은 없었다
작고 초라한 불상이 벽에 기대어 서 있을 뿐
화려하고 넉넉한 불단 위는 적멸로 장엄해 있었다

저녁예불 시간이었다

불단에는 부처님 대신 난데없는 스님 세 분이 앉아
계셨고 대중과 방문객들이 예불을 올리고 있었는데
음률을 가다듬는 이승의 예불이 아니었다
명상으로 이루는 연화 천 불 예불로
가슴에는 청량한 빛이 스미고
예불을 드리면 해탈이 자연적으로 이루어졌다

연화 천 불 촛가지 · 3

나무아미타불......

가릉빈가여, 몸이 새라서 날 수 있고
손이 있어 선과仙果를 천인天人께 올릴 수 있구나
더욱이 목청이 아름답고 그윽해
너를 따라 염불하지 않을 수 없다
함께 예불을 드리면
텅 빈 충만히 가슴에 가득해지고
몸 안에서 이는 신묘한 불빛이 밖으로 비치는구나

아아, 산하대지와 빛이 둘이 아니고
빛이 육신과 하나며
몸과 산하대지가 둘이 아닌 불이문不二門에 들어섰고
나 하지만, 연화대에 오를 수 없어 안타깝구나

더더욱 해탈의 당기幢旗여
너는, 가사袈裟와 장삼長衫이어서
말로 하려야 할 수 없는
업장 소멸의 법의인데
나는 어찌하여 너를 수하지 않은 채
불단에 오르려 했을까

타인의 명상에 방해될까 봐
몇 자 써서 부탁했는데
글씨가 꼬불꼬불 엉망이다
아차, 이곳은 말길이 끊어져
언어도단言語道斷하고
마음이 갈 곳을 잃어
심행처멸心行處滅한 곳이 아니더냐
무심無心의 경지에서 문자를 세우다니 어불성설이로다

아아, 얼마나 갈고 닦아야
연화대에 부담 없이 앉을 수 있을까
극락에 환생했지만, 수행이 턱없이 부족했다
불심佛心을 한 채의 법당으로 볼 때
내, 어찌 연화가 조각된 촛가지에라도 이를 수 있으랴

이곳은 하품하생*이다
상품상생* 연화대에 가려면 무소유가 여비라 했다
염불도 무소유와 배려의 중심에 있어야 한다며
나무아미타불을 부르는데
염불삼매*에 틈이 생겨 발을 헛디뎌
풍덩, 연못에 빠지는 순간 눈을 뜨니 이승이다

주경야독하듯이 좌선 수행과 대적광전 불사建築를
겸행하다가 피로가 겹쳐 졸도한 것이런가
안개가 걷히듯이 잠재의식의 구름이 걷히며
정신이 들어 깨어보니
목재 위에 반가부좌로 앉아 있는 것이
아아, 부처님 가피로 생전에 환생을 증득해 본 것이런가?

역력한 상황을 시詩로 적었다

* **하품하생**(下品下生): 극락왕생하는 이의 아홉 등급 가운데 하나로, 중한
  죄를 지은 사람이 죽을 때에 염불하여 80억 겁 동안 생사에 윤회할 죄를
  덜고 정토에 왕생하여 12대 겁을 지내고서 법문을 듣고 발심하는 일.
* **상품상생**(上品上生): 극락정토에 왕생하는 구품(九品) 가운데 하나. 자
  비심이 많아서 살생하지 않고 방생을 많이 하며 계를 지키고 대승 경전을
  항상 읽고 독송하는 사람은 죽을 때에 부처나 보살의 영접을 받고 왕생하
  여 무량(無量) 백천(百千)의 다라니를 얻는다.
* **염불삼매**(念佛三昧): 염불에 의하여 잡념을 없애고 영묘한 슬기가 열려
  부처님의 진리를 보게 되는 경지.

꽃피는 개와

내, 젊음을 바쳐 불사佛事한 부산 동구 초량동 구봉산
화엄사 대적광전
기와지붕에 동파가 나서
개와 불사 하려니 비용이 만만치 않아
서당 개 3년이면 풍월을 하듯
기와장이 되어 흉내를 낸다

암키와 한 장 갈려면 수키와 두 줄을 걷고
흙도 걷어내야 수리할 수 있는데
기껏 한 작업에 복병이 터지면
바둑판의 하수처럼 물리고 다시 잇는다

이세돌이 이름에 돌 자가 들어 바둑을 잘 두듯
화엄사 대적광전 지붕을 이은 기와공은 "이상 돌"
솜씨가 신통해서 "돌"자 때문인가 생각했는데
어느 날 교통사고로 사석이 되었다

고인을 대신하여 지극정성 기와지붕을 수리하며
관절염을 앓고 있는 지붕이여
빗물이 새지 않도록
속눈썹 아롱지는 가슴을 가엾이 여겨 달라 손 모은다

불벽의 후광*

참회 기도를 하던 어느 날 화엄사 대적광전의 불벽佛壁이
전생을 볼 수 있는 거울로 투영되었다
나의 오랜 옛적 전생은 멧비둘기였다

이 밭 저 밭으로 날며 이삭줍기를 하다가
마을이 내려다보이는 나뭇가지에 앉아
계집 죽고 자식 죽고 어찌할까
불쌍한 홀아비의 흉을 보며 빈둥거렸다
그리하다가 사냥꾼의 그물에 걸려 새장에 갇히었는데
밀, 보리, 쌀 진수성찬이 나오고 맛이 기막혔다

우리는 날이면 날마다 배불리 먹고 살쪄갔는데
한 녀석이 입맛이 없다며 굶더니
마를 대로 마르다가
"굶어야 자유를 얻는다."라고 외치며 창살을 벗어나 창
공을 날았다

그 모습을 보며 "자식, 잘 먹고 죽은 귀신은 때깔도
좋다는 말 모르나"라고 말하며 비아냥거렸다

그리하다가 살찐 녀석들부터 차례로 잡혀 나가고
내 차례를 당해 후회했지만 때는 늦었다

아아, 윤회전생을 얼마나 하다가 여기에 섰을까
아직도 오욕에 젖어서
살쪄가고 있다고 생각하다가
"굶어야 자유를 얻는다."라고 말한 도반이
도를 이루어 석가모니불이 되었구나
깨닫는 순간 꿈이 깨었다

그러나 나는 여전히 불벽의 후광에 갇혀
복이나 빌고 있다

* **후광**(後光): 부처의 몸 뒤로 내비치는 빛. 이것이 형상화되어 불상(佛像)
　의 머리 위에 둥근 바퀴를 그리거나 붙여 나타낸다.

오랑보의 행적

내가 사는 부산 동구 초량 화엄사 대적광전은
갖은 주심포에 팔작지붕 오량보는 좌우에 둘씩 넷이다
건축 당시 경제적 이유로 용머리 제작을 미뤘더니
아직 이무기로 승천이 늦다

사십구재가 있던 날 바라춤이 있었는데
쩽그랑, 바라를 엎자
소리의 파문에서 용녀가 뛰쳐나와 춤사위를 밟는다
단소와 가야금이 울리는 소리의 밥과 춤이 어울려지고
귀와 눈이 그런 정황에 빠져들수록
제를 받는 넋들이 고혼들이
해탈을 얻는 것인가
화단의 꽃들이 미풍에 빙긋이 고개를 끄덕거린다

아아, 보석 그물로 짜인 옷
올 사이로 그녀의 가슴이 보일듯하다가 보이지 않고
아니 보일듯하다가 보이는 듯이 하는 감흥이여
정녕 꿈인가 생시인가

용이 되어 함께 날다가 보니 용소龍沼가 나오고
소가 깊어 명주실 한 타래 풀어도 끝이 닿지 않는다

전설과 설화의 숲을 얼마나 걸어가면
중중모리장단을 밟다 자진모리장단으로 돌 수 있을까
화려한 단청
용의 비늘 사이로
아름다운 용궁이 보인다

동량의 협치

동량이 되면
긋기단청, 모루단청 아니, 갖은 금단청을 입어도
가슴 한구석이 빈 듯 아무도 보지 않는 곳에서
코 훌쩍이며 목 놓아 울고 싶을 때가 있다

우리는 하늘이 높은 줄도 모르고
손 흔들며 창공을 향해 걸어가다가
통째로 베어져 죗값 치르고 기둥과 들보가 되었다

하지만 창방, 평방, 도리, 장여도 서로 손잡고
공포와 소로도 저희끼리 희희 거리지만
기둥은 외롭다
들보도 외롭다
대들보는 더욱더 말 못 한다

소임이 크고 지위가 높을수록
대화할 상대도 없고
가슴앓이로
아침을 맞고 별 밤을 연다

그러나 어쩌랴 이것이 숙명인 것을
하지만 눈물 글썽이게 하는
협치도 가슴 가득히 넘치고 있다

통자주의 함성

식 약품 선전에 남진이 "나야 나"라고 선전하고 있다

한옥에도 "나야 나"라고 외치는 부재가 있다
인생으로 치면 서너 살인 녀석
아직 이성에 대한 눈은 뜰 수도 없는데
잠지도 당당히 "나야 나" 외치고 있다

녀석의 주소는 공포를 지나
대들보 오량보를 지나 반자를 지나
제 놈이 부처님으로 탄생이라도 한 듯이
천상천하 유아독존天上天下 唯我獨尊하고 힘주며
하늘 위, 하늘 아래에 어린 내가 홀로 높다 외치고 있다

허허, 그것도 다섯 쌍둥이가 팀을 이루어
서까래, 부연, 개판*, 박공판*, 기와도 받든다며
저희 없이 전각의 지붕은 이을 수 있냐며
대한민국 산아제한 정책의 후유증을 비웃고 있다

건물도 동자주가 있어야 하거늘

젊고 힘찬 세월을 허송하다가
늙어지면
사회보장 제도를 원망이나 하는
그런 입에
"나야 나"하며 쉬하고 있다

* **개판**(蓋板): 서까래나 부연, 목 반자 따위의 위에 까는 널빤지.
* **박공판**(牔栱板): 박공지붕의 양쪽 끝 면에 'ㅅ' 자 모양으로 붙인 널빤지.

산문山門의 살림살이

하늘에 가야 한다고 하늘 높이 자라던 소나무는
못난 녀석이 산을 지킨다는 섭리를 몰랐다
놈을 위리안치하라
불벼락이 떨어졌다

죄인이 되어 목재소로 끌려와 수모를 당하다가
바람과 소나무가 춤사위 밟고
석양에 물고기가 뛰놀며
산을 그리는 어산 처*
도솔천 처녀의 노랫소리 은은한 곳
무풍교* 옆에서 깎이고 다듬어져
소로, 첨차 촛가지가 되어 첩첩이 쌓여 통도사 산문이
되었다

저희를 지어 준 성파 큰 스님이 지나다 바라보시면
산문에 걸리는 물소리를 듣고
뜨고 지는 해와 달별을 바라보는
오가는 사람의 마음은

이 무슨 물건인가? 물을까
걱정되어 반야심경을 외운다
마음이 거꾸러졌다고 하지 마셔요
감각, 지각, 인식이 모두 비었음을 말하리다

통도사 산문은 이같이 살림을 살고 있었다

* **어산 처**(魚山 處): 물고기가 수면 위로 뛰어오르며 노는 모습이 산을 그
  리며 노는 것 같다. 불교의 범패 의식의 음률이 물고기가 뛰어노는 모습과
  닮았다 하여 '어산'이라고 한다. 통도사 초입에서 사찰을 향한 솔숲은 아
  름답다. 게다가 석양이면 물고기가 뛰노는 모습을 볼 수 있는 곳이라는 뜻
  에서 옛 스님들이 어산 처라 이름했다.
* **무풍교**(舞風橋): 통도사 산문 안쪽에 있는 다리.

심우도의 명암 속으로

청, 백, 적, 흑, 황색의 오방색으로
때때옷을 곱게 차려입은 법당을 보다가
타임머신 열차에 승차했는데
첫 여행이라 경험이 없어서
바자처럼 촘촘한 감성의 바다에 발을 내디디고 말았다

하차한 곳은 푸른 평원이었고
목동이 되었지만
쇠등에 타는 것은 언감생심*
놈이 쇠뿔로 나를 떠받고 줄행랑쳐
놈을 찾아 얼마나 노심초사 했는가
걸음걸음에 화사한 풀꽃이 피어나고
내 심층 의식은 단청하는 장인이 되어
전각에 초빛을 넣고 있었나 보다

아무리 찾아도 놈은 흔적이 없고
기진맥진해 꺼이꺼이 울고 있는데
건너 골짜기에서 진흙투성이 처녀가
빙긋이 웃으며 다가오고 있었다

그녀는 단청의 이 빛이었나
비로소 소를 찾을 수 있다는 예감이 들어
발자국을 추적한 끝에
놈을 붙들 수 있었고
고삐를 잡고 쇠 코를 쓰다듬어 주었다
감각 지각 인식이 쇠코 바자-휘*를 치고 있었나
아니 삼 빛을 넣고 있었나 보다

소를 타고 풀피리 불며 고향으로 돌아가는 길이었다
그 길에 어떤 여인이 맨발로 걷고 있는데
발이 가시에 찔리고 돌에 차여 피가 철철 흐르며
통통 부어있지 않은가
가까이 다가가 보니 진흙투성이 처녀다
대자대비를 외면할 수 없어 그녀를 쇠 등에 태웠더니
내 등에 얼굴을 묻고 잠이 들었다
아아, 연민이여 사랑이여 석간주에 먹물을 떨어트려
다자*를 만드는 일이 되고 말았구나

휘와 휘 사이
그리고 초빛과 이 빛 그리고 삼 빛 사이에
다자로 실선을 넣어 색상을 더욱 뚜렷이 밝히고 있었다

다자로 오금을 준 곳마다 파런 바자-휘*가 피어나 파도를 치고
파도에서 이는 용궁의 애한 소리, 그 소리를 덮다
기둥에 주의초*를 쳐 기둥에 옷을 입혔다
그러자 바람에 번*이 펄럭였고
번을 젖히자
부산항 대교가 눈에 들어오며 오방색 꿈이 깨었다

아아, 다자여 사랑이여
너희도 원각* 산중의 나무였다

* **바자휘**: 인휘 보다는 짜임새가 있고 대나무 바구니를 엮은 것 같은 문양, 또는 거센 물결 형태의 휘이다.
* **쇠코 바자휘**: 버선 바자휘 같은 문양인데 버선코 문양 대신 쇠코 문양을 넣은 것이다.
* **파련 바자휘**: 바자 휘보다 더욱 짜임새가 있으며 버선코 같은 파련 모양의 휘이다.
* **다자(多紫)**: 붉은색 계통의 안료에 먹물을 섞으면 다자가 된다.
* **주의초(柱衣草)**: 기둥머리를 장식하기 위하여 그린 단청. (기둥에 옷을 입힌다는 뜻)
* **번(幡)**: 법요(法要)나 설법(說法)할 때 절 안에 세우는 깃대. 부처와 보살의 성덕(盛德)을 표시하는 기구로, 꼭대기에 종이나 비단 따위를 가늘게 오려서 단다.
* **원각(圓覺)**: 석가여래의 원만한 깨달음.

제4부

사 멸 의 꽃 이 여

영혼 · 1

육신에 묻힌 너를 볼 수 없구나
그러나 너는 얼마나 화창하더냐
호흡 마차를 타고
내가 내 안으로 들면
흰 눈이 내린 천지 같기도 하고
아아, 캄캄한 암흑의 절벽이다
다만, 창문을 열고 하늘과 산천과 풍광을 보듯이
눈을 뜨며 사물을 접한다
그리고 혈관을 따라
신경을 따라 감각 지각 인식의 세계에 든다

세계는 나무……,
나뭇가지가 허공을 흔들고 있듯이
삶이 감각 지각 인식의 세계를 흔들었다

비로소 창문 넘어
나비가 날았고 꽃이 피어났다

인식이 꽃으로 피어났다

영혼 · 2

꽃이 아름답기를 바란다면
화단을 가꾸어라
김도 매어주고
북도 돋우어 주어라
농부의 발걸음 소리를 듣고
작물이 자라며 꽃과 열매를 맺듯이
내면 깊이 자라고 있는
가슴속의 영혼도 그러하나니
들숨을 천천히 지극히 천천히 들이쉬어라
그리고 날숨을 따라 부질없는 언행은 버리어라

호흡 마차의 창문을 열면 거기 화단이다

꽃구경을 즐기자
영산홍은 어떠하더냐
꽃에 흔들리는 마음은 어떠하더냐
그리고 바람결에 춤사위 밟는
꽃잎을 바라보는 가슴은 어떠하더냐

보라, 가슴에는 꽃이 만발하였다

영혼 · 3

오늘 아침 오이꽃이 피었다
노랑꽃이 안근眼根을 흔들자
안식眼識이 깨어났다
꽃 빛이 뇌수에 뿌리를 내리고
햇살이 눈부시게 손뼉을 치며 환희했다

아아, 빛살에 눈이 부셔도
감성이 그네를 타는 것은
노랑 빛만으로도 충분하리라

물론 거창하게 아주아주 거창하게
본질이며 신이며 삼세를 물어 오겠지만
단지, 지금은 이승의 삶으로 점심을 한다

아삭, 오이가 씹기고
향이 입안 가득하다

구강 안쪽에 샘이 솟고 기치가 나부낀다
보라, 이 아름다운 향연을

영혼 · 4

점심을 마치고 선원禪院에 갔다
모태에 들기 전에 나는
"이뭣고"
화두를 들며 방석에 앉았다
호흡을 고르며 선정에 들려 해도
선은 미로
들숨 날숨을 따라 헤매다 보면
숨결을 따라 희로애락이 고인 호수이거니

아아, 그곳 호수 속의 일지여
거기, 번뇌가 출렁거렸고
눈물이 출렁거렸고
어류인 듯 헤엄이 유유하구나

보라, 바람이 자고 물결이 자면
물밑이 환하듯
숨결이 고요해지면
지나온 여정이 거울이 되는 것을
그림자를 붙들고 얼마나 흐느꼈더냐

생을 사랑하라
죽음도 사랑하라
겸애가 등을 다독거렸다

영혼 · 5
-호흡 마차-

구름이 달빛 속을 달리고 있었다

나는 구름으로 밥을 지었다
국, 찬, 식혜도 장만했다
구름으로 찐 떡과 빵을 지인과 나누며
호흡 마차를 몰았다

그리고 그대 부언치 마시게
이보다 공평무사가 있던가
산, 들에 꽃이 피고 새가 우네
내 영혼 깊은 곳에서 환희가 용솟음치네

숨을 천천히 깊게 들이쉬고 내쉬었다
체세포 곳곳에 꽃피고 새가 운다
몸이 가뿐, 콧속이 향기롭다

숨쉬기는 빈부귀천을 떠나 있었다
모두는 언사가 안정되어있었다
하늘이 호흡을 통해 꽃피고 있었다

억새 · 1

찬바람 불면
머리가 하얗게 세어, 하얀 상복 날리며
소복 가슴으로
후유
숨 가쁘신 할머니
웬 백상여 행렬이 이리도 눈부시옵니까

이 땅의 기막힌 삶을
일구며 지켜 오신
후유
숨 가쁘신 할머니
할아버지 기일이 언제 이 온데
장에 가시는 걸음걸음
서걱서걱
후유
숨 그리도 가쁘십니까.

서리꽃 하얗게 피었습니다

억새 · 2

억새를 한해살이풀이라 하지 마셔요
대공은 말라 사각대고
머리는 하얗게
바람에 날리지만
우리 임 백상여 행렬 같지만
억새가 우는 울음을 타고
하산하면
뿌리의 행진곡을 들을 수 있나니
드럼이며
나팔이며
아아, 태평소까지
머릿결 하얀 울음이
저 하늘을 망망히 가듯
내 삶이 양양히 가나니
억새를 한해살이풀이라 하지 마셔요

그리움과 설움이 한없이 흐르옵니다

억새 · 3

황토밭 질펀한 길에
사락사락 자음과 모음으로 치맛단을 내리옵고
가슴속 깊이 맺힌 사연을 보내옵니다

오시는 길이 멀어서 아니 오시나
세월이 서릿발을 세워서
행여, 발이라도 다치실세라
고의적삼일랑 벗어서 언 땅에 깔았습니다

사뿐히 지르밟고 오시옵소서
오시다가 솔잣새* 우는 소리를 들으셨나요
우리네 인연도 어긋나서
기다리다 바람맞아 구안괘사를 앓고 있사옵니다

혈 자리는 어디며
침은 얼마나 깊이 놓아야 합니까
북풍이 허리춤을 때리고 있사옵니다

* **솔잣새**: 참새목 되새 과에 속한 새. 몸길이는 약 17㎝며, 부리는 교차 하여 있다. 수컷은 선명한 적갈색이고 날개와 꽁지는 암색이다. 암컷은 올리브색이며 허리와 아랫면은 황색이다. 솔방울이나 열매의 씨를 쪼아 먹는다. 우리나라에서는 전역에 걸쳐 월동한다. 국내에서는 해에 따라 불규칙하게 도래해 월동하는 드문 겨울 철새다. 10월 중순부터 도래해 월동하며, 5월 초순까지 통과한다. 북반부의 아한대와 한대 아고산대의 침엽수림을 중심으로 광범위하게 분포한다. 19 아종으로 나눈다. (아시아, 유럽, 북아메리카에서 번식) 전설/예수께서 십자가에 못 박혔을 때, 그 못을 뽑다가 부리가 어긋났다 함."

억새 · 4

북풍에 주저앉아 목 놓아 우시나요
하얀 꽃 빛이 창천을 가듯이
한숨이 지천에 흐르옵니다

바람에 나부끼는 하얀 꽃이 아름답다고 하지 마셔요
한설보다 차가운 설움이
뿌리를 타고 시내를 이루다 강으로 흘러
이윽고 한 깊은 바다를 이루옵니다

내 아버지의 아버지. 그……. 아버지 때부터
손바닥에 박힌 못으로
죽음보다 더한 고역을
낱낱이 들춰 가면서
쓴. 일지 속에
제 삶이 꽃피고 있사옵니다

박토 속에 향기도 그윽하게

억새 · 5

몸이 서릿발에 얼며 녹다가
풍장 속을 걷다가
순백 세상이 되었을 때
희고도 누렁 뼛골이 드러났사옵니다

옷은 마지막 한 잎 풀잎마저 모두 벗고
어둠을 뚫고 하늘을 향해 달려가는
사리舍利 같은 의지로 선
벌거숭이 몸에
바람이 불고 있사옵니다

생의 백서를 바치오리까
휘적휘적 걸어온 생이
일회적이었고
눈꺼풀이 감기는 사이
정처 없는 나그네가 되었사옵니다

장례식을 돋우지 마셔요
본래 한 물건도 없었사옵니다

붕어빵

민생고로 구라파 전쟁이 터진 날이다

천 원에 붕어 세 마리가
아리랑 고개 넘어
금강산 마하연 연못으로 시집을 간다

연당에 둘러앉은 시댁 식구들
하하 호호
붕어빵이다
일만 이천 봉 신혼여행에
꽃피고 새들이 지저귄다

체세포 속은 신비의 나라
꽃등이 밝아
어야디야 노 젓는 소리

금강산 마하연 연못으로 시집을 간다

구봉산 노년의 단풍

가을에 설악산, 내장산 관광을 가보지 못한
부산의 할머니들이 바람이 난 거야
"니나노* '난시*'로 내가 돌아간다."라며
치맛자락 날리며 불붙어 춤추고 있다

노랑 바지저고리 영감들이 에취
재채기하면 할수록
붉은 치맛자락을 더더욱 날리면서
마지막 사랑은 소신공양이라며
"니나노 '난시'로 내가 돌아간다."라며
만추에 찍어 바른 연지곤지 분 바람을 날리고 있다

지난봄, 짧은 치마 단발머리 꽃들이
생을 안다면 얼마나 알았다고
꽃샘추위는 시샘을 그렇게나 하였을까
아서라, 돌아가는 길은 붉어야 좋다고
"니나노 '난시'로 내가 돌아간다."라며
춤사위나 한바탕 밟자는데
만고풍상을 겪고 난 뒤에야 단풍이 꽃보다 곱단다

인생살이 애간장이 얼마나 타야

그 끝자락에

다홍 그리고 노란빛이

좔좔 시내로 흐르며 노래를 하랴

아아, 환갑, 진갑, 종심*을 넘어 망구*로 가는 길

그 길의 색상이여, 빛깔이여,

데~엥 뎅 쇠 북이 운다

* **니나노**: 퉁소, 피리 등에서 나는 소리가 "늴리리 늴리리 니나노"로 들리는 것을 뜻한 것.
* **난시**: "난실"을 '난시'로 표현했다. 난실은 난초를 가꾸는 온실, 또는 아름다운 사람이 머무는 방이다. 난시로 표현한 것은 인생이 온 곳이 어디인가 삶은 죽음의 앞면 죽음은 삶의 뒷면이라고 생각한다. 이러한 맥락에서 삶을 흥겹게 살아라. 그래야 죽음 때 손을 흔들며 즐겁게 저승을 향해 갈 수 있다는 뜻으로 "난실을 '난시'로 표현해 보았다.
* **종심**(從心): 나이의 별칭(70세).
* **망구**(望九): 나이의 별칭(81세).

화단의 월경 月經

봉두난발에 흙투성이로 키득대는 모습, 당신이 보시기에
얼마나 민망하셨습니까
윗도리 단추는 모두 풀어헤치고 바짓가랑이 동동 걷어
붙이고 들로 산으로 쏘다니는 모습 당신이 보시기에
얼마나 민망하셨습니까
서書, 화畵, 각刻
인문, 자연에 대한 배움도 성찰도 안중에 두지 않고
들로 산으로 쏘다니는 모습 얼마나 민망하셨습니까

이제 당신에 대한 그리움을 노래하고, 새기려 해도
흐트러진 가슴이 석양 속으로 빠져만 듭니다.
붉은 노을을 바라보노라면 이내 가슴도 붉게 물들어서
더욱더 섧기만 한데 어찌 당신을 노래하고, 그리며 새길
수 있겠습니까
설움을 참다못한 풀벌레 소리가 산천의 고요를 깨뜨리고
있습니다
이러할 때 달은 떠서 무엇하며
새털구름은 흘러서 무엇합니까
후안무치한 구름이 달무리를 몰아올 것인데

당신이 심고 가신 꽃밭에 물을 주며 울어야 합니까

꽃밭에 물을 흠뻑 주었더니 화초가 시들시들하다가
한 잎도 없이 사라져 버렸습니다
빈 밭에 무심한 마음이 환삼덩굴처럼 번지고
명월이 깔깔거립니다
웃음소리가 잦아지더니 만삭이 되면서
월궁항아는 빈 밭에 월경을 쏟았습니다

어머나, 자 것
환장하겠어
열아홉 살 처녀처럼 속눈썹 깜박거리는
저, 꽃무릇을 봐

아아, 이제야 알겠습니다
당신의 모습을 노래하고 조각함은 손이 아니라 가슴인 것을

사멸의 꽃이여

슬프고 잔인하며 칠흑보다 어둡고 캄캄한 곳으로
회귀를 위해 축배를 들어라

오장육부가 쓰리고 아파도 분하고 원통해도
단 한 번도 피해 간 적 없는
잔이며, 향이며, 어둠으로 가는 깃발이다
오지 말라고 애원하고 절규해도
오고야 마는 너에게 진심으로 경배한다

아아, 사멸의 꽃이여

꽃이 꽃이기에 얼마나 아름다우며
생명이 생명이기에 얼마나 신비하더냐
하지만 핀 꽃은 져야 하고
태어난 자는 반드시 가야 한다
이름하여 사멸이니
이는 철칙이며 태어난 자의 운명이라서
무기물일지라도 네 가슴을 벗어날 수 없다

잎과 꽃이 피면 핀대로
태어난 자가 태어난 대로
지지 않고 가지 않는다면
꽃이 꽃이며 생명이 신비일까

때문에 낙화나 죽음은
신이나 종교보다 숭고하다

멜론을 읽다

멜론을 자르다가 깜짝 놀랐다
놈이 껍질에
걸어왔던 길을 고스란히 기록해 둔 것 같다
지구상에서 보고 겪었던 일만이 아니라

별자리라든가
우주 밖의 우주에 대하여
지도로 자세히 그려 놓은 것 같다

자신의 사고에 대하여 깊이 적나라하게
사랑과 눈물과 열정에 대하여
낱낱이 표기해 놓은 것 같은
성실에 대하여 절로 머리가 숙어진다

나는 언제 저처럼
기록하며 살 수 있을까

한 치 한 푼의 거짓도 없이
삶을 멜론의 달고 시원한 맛과 같이

후세에 전할 수 있을까

| 시집 평설 |
산문 밖에서 들리는 오도송 悟道頌

예시원 (문학평론가)

산문 밖에서 들리는 오도송悟道頌

문학평론가 | 예시원

들어가며

메주 스님 고제웅 시인은 1949년 전북 정읍시 내장산 자락에서 출생하여 통도사 극락암과 옥련암, 밀양 산내 면 석골사를 거쳐 부산시 초량동 화엄사 주지로 지내며 법호는 일해—海이다.

2005년 한울문학(시 '소생' 외)과 2020년 계간 시와 늪에서 수필(내장산 산신기도)로 등단하여 한국문인협 회, 시와늪문인협회, 한울문인협회에서 작품 활동을 활 발하게 하고 있으며 시집 《쉬어가는 단풍》, 《수묵화 치 는 메주》, 《?과! 그리고 황제》 등이 있다.

고제웅 시인은 속세와 인연을 등지고 산문으로 들어 갔을까. 번뇌에 얽매인 세속의 인연을 버리고 성자聖者의 수행길에 들어간다는 것은 서릿발 같은 인연의 카테고리 category를 스스로 잘라내는 무서운 고통을 감내해야만 하 는 과정이다.

세속의 집을 떠나 불문에 든다는 것은 웬만한 고집불 통이 아니면 불가능한 일이기도 하다. 외골수의 집념이 없다면 고독하고 쓸쓸한 산중생활을 어지간한 민간인들은 참아낼 수 없을 만큼 그 수련과정이 혹독하기 때문이다.

시집 《산문의 살림살이》에서 메주 스님은 기와, 향달

맞이꽃, 따오기, 무궁화, 억새, 기둥 등 모든 사물들을 불가에서 말하는 연기법緣起法으로 인과관계를 맺어 '알아 차림 시'와 선시인의 수련과정에서 터득한 창작기법으로 주옥같은 선시禪詩 67편을 엮어냈다.

모두 세속 시인들의 창작기법과는 다르게 산사에서 느끼는 자연과의 대화를 엿듣고 보는 것도 참으로 오묘한 재미가 있다. 마치 중국 송나라 때 어느 여승이 지은 깨달음의 오도시悟道詩를 읽는 느낌이었고 산사의 풍경 소리가 도심 한복판까지 들려오고 있다.

산문 밖 경계 너머엔 늘 세속인들의 찌든 냄새와 도시 소음, 오가는 사람들의 번잡함이 있지만, 산문 안에는 구름 사이 달과 별, 떨어지는 빗줄기 소리와 바람 소리만 들린다. 새벽 예불시간까지 귓전을 잔잔하게 울리는 맑은 풍경 소리뿐, 바람결에 들리는 건 워낭소리인가 솔바람거문고 소리인가.

바람과 댓잎의 속삭이는 이야기와 시인의 삶에 대한 통찰력이 빛나는 작품들 67편을 감상하면서 시인의 시 세계에 한번 빠져들어 보았다. 고제웅 시인의 작품은 기존의 것을 답습하지 않은 새로운 오브제objet이면서 주변과 조화를 이루며 자연과 함께하는 '어울림 시'라고 할 수 있다.

처마 끝에서 자연의 바람과 햇볕을 잘 쬐며 알맞게 잘 굳어간 곶감이나 한겨울 바닷가 찬바람 속에서 얼었다 녹았다 반복하며, 자연과 함께 굳어진 과메기 같은 '어울림 시'는 오랜 산사의 생활을 토대로 쓴 메주 스님의 눈물이면서 내면의 육필 고백이기도 하다.

화가들이 내면과 외부 세계의 충돌하는 장면을 회화

작품 속에서 미학적으로 구현하듯이 문학인들 또한 크게 다르지 않다. 예술의 세계는 그 지향점이 동일하다고 할 수 있다. 상실된 인간성의 회복과 욕망, 고통과 내밀한 사랑 등을 표현하는 기법에서는 음악인이든 미술인이든 동일한 세계관을 가지고 있으며 문학세계도 마찬가지이다.

예술인들의 기본적인 지향점이 동일한 것은 자유로운 영혼으로서 할 수 있는 표현의 자유이다. 그러나 안타깝게도 세상엔 통념적인 구속의 강한 억압 기제가 많이 작용하는 것도 사실이다. 그 충돌 현상에서 예술인들이 어떻게 생존해나가야 할 것인지 고민해야 하는 것도 과제라고 할 수 있다.

고제웅 시인의 작품들은 산사에서 수행을 통한 깨달음의 경지를 짧지 않은 장시로 나타낸 일종의 선시라고 할 수 있다. 압축된 선시와는 다르게 법문을 하는 것처럼 오도적悟道的 세계나 과정 체험을 옮긴 '알아차림 시'는 때 묻은 세속인들의 몸과 마음을 정화해주는 치유의 세계라고 할 수 있다.

생각하기에 따라 감옥이라면 감옥일 것이요, 파란 잔디가 펼쳐진 초원이라면 초원이랄 수 있는 《산문의 살림살이》를 펼치며, 서서히 그 심오한 법문 속으로 함께 들어가 보기로 한다.

성불을 향한 간절한 의정이
구름처럼 모이다 비처럼 흩어지고
걸머진 바랑 끈에 어깨가 죄여 안색이 붉어라
동공에 비친 오도悟道는
섬광 속의 연등이었네

다음 안거의 발길은
바람이 향방을 정하나니
오가는 연유는 묻지도 말라
조석은 꽃으로 피었다가
이슬 한 잔 마시었네

화두와 씨름하는 사이
밝은 달빛에 기력이 쇠잔하여라
냉수 한 모금에 청량골을 세워볼까
솔가지 그림자가 빚는 경단이나 공양할까
텅 빈 허공에 일원상을 쳤더니
연못 속 토우가 달그림자와 춤사위 밟네

만행 길에 허기나 때우려 난전에 들렀더니
장은 파장이 되고
저녁놀 따라 깃든 곳에서
깊은 밤중에 폐사의 빗장을 만져 보네

생사와 열반이 청산 계곡수로 흐르고 있네

스스로 도道를 깨닫지 못하면 부처를 닮으려 애써도 성불成佛할 수 없다. 죽비 소리를 듣고 참선하는 선객들은 위로는 불도를 구하고 아래로는 중생을 제도해야 하는 상구보리 하화중생上求菩提 下化衆生의 사명을 짊어지고 참선을 한다. 방석에 앉아 가부좌를 틀고 척량골을 곧추세우고 결연한 의지로 화두참구를 시작하지만, 화두가 순일하게 들리지 않고 번뇌 망상이 뒤끓기 마련이다. 하안거와 동안거를 헛산 것이 후회막급이다. 간난신고를 겪고 업장이 소멸되면 참선공부가 잘 되려나 싶어 정처 없이 만행을 떠난다. 한 발 한 발 걸으며 화두를 참구 하는데 의정이 구름처럼 모이다 비처럼 흩어진다. 걸머진 방랑 끈에 어깨가 죄여 몸도 마음도 천근만근이다. '동공에 비친 오도悟道는' 결국 스쳐 지나가는 '섬광 속의 연등'처럼 깨달음을 얻을듯하다가 사라지는 안개가 되어 아쉬움과 답답함만 더해갈 뿐이다. 중국 당나라 때 선종의 육조 혜능대사는 나무꾼이었다. 어느 날 여관에 나무를 팔러 갔는데 한 스님이 금강경을 독송하고 있었다. 응당히 머문 바 없이 그 마음을 내어 쓸지니라 하는 "응무소주 이생기심應無所住 以生其心"하라는 대목에 이르러 홀연히 도를 깨달았다. 그런데 나는 업장이 얼마나 두꺼우면 도를 깨닫기는커녕 화두참구마저 순일하지 않고 번뇌, 망상이란 마군魔軍에게 발목을 잡히고 마는가. 마군에게 패배한 쓰라림으로 배고픔도 잊은 채 허망한 바람을 따라

긴 한숨을 내쉰다. 모든 것이 다 마음먹기에 달렸으니 그 집요한 방해꾼 마군도 결국 자기 안의 선과 악의 영적靈的 전투였을 뿐이다. 가수 조영남의 '지금' 노래 가사에서처럼 모든 '마음 챙김'은 저만치에서 찾는 게 아닌 '바로 지금'에 있는 것이다. 진리와 깨달음의 해탈은 따로 있는 게 아닌 땅바닥에 그어 놓은 선 하나를 경계에 두고 그쪽에서 이쪽으로 넘어오면 해탈解脫이며 해탈교解脫橋라는 다리도 생긴 것이다. '화두와 씨름하는 사이 / 밝은 달빛에 / 기력이 쇠잔'한 이유도 애쓴 보람을 찾지 못했기에 허망함만 가득해 '텅 빈 공간에 일원상'만 치며 간절한 서원을 올려보지만 허기진 배만 골골거린다. 아뿔싸 왜 그 간단한 이치를 몰랐을꼬 용맹정진勇猛精進한 보람을 배고픈 뒤에야 깨닫는 선객은 새벽 달빛에 장탄식을 내쉬며 무릎을 '탁' 친다. 결국, 지친 육신인 폐사廢寺의 빗장을 쓰다듬으며 '생사와 열반이 청산 계곡수에 흐르고' 있음에 모든 의심이 풀린다.

"

정서의 묵밭에 서 있는 감각, 지각, 인식의 나무는
감성에 가시가 돋고 상피에서 수액이 흘렀다

하얀 피가 흐르면 흐를수록
상처를 메우며 자라라고
은유와 상징으로 북돋워 주었더니
덕지덕지한 상처는 곪을 대로 곪아서
혈관 속으로 뿌리를 내렸다

마침내 육신이 날카로운 가시를 덮고
영혼이 옹이와 한 살이 되어
고요히 숨을 죽일수록
가슴앓이가 짙다

통증을 참다가 신음을 뱉어내면
각혈이 꽃처럼 피어나고
새들이 지저귄다

천벌을 받아 시인이 되었구나
다시금 생각해 보니
하늘이 은혜를 내려 시인이 되었구나
이것이 시인의 음보라서
사연에 젖은 눈물이 시리고 기쁘다

— 〈시인의 나무〉 전문

"

    황폐된 감성에 날카로운 가시가 돋고 마음의 상처는
'혈관 속으로 뿌리를' 내리며 하얀 피와 호흡을 나누고
있다. '영혼이 옹이와 한 살이 되고 / 고요히 숨을 죽일
수록 / 가슴앓이가 짙다' 일원상 서원문을 간절히 다짐
하며 승려의 삶을 법신불처럼 살겠다고 용맹정진勇猛精進해
보지만 이미 묵정밭이 된 심신은 각혈꽃 같은 신음이 되어
터지고 '새들이 지저귄다' 터져 나오는 울음은 그대로 두
면 고통이 되지만 기록으로 남기면 작품이 될 수 있다.

'사연에 젖은 눈물이 시리고 기쁜' 것도 그 때문이다.

'지옥으로부터의 자유' 저자인 시인 랭보는 '희망의 목을 비트는데 즐거움을 느껴, 나는 잔인한 짐승처럼 뛰었다' 라고 했다. '봄은 나를 향해 백지처럼 무시무시한 웃음을 웃었다'라는 견자見者의 시학을 내세웠던 그는 훗날 상징주의와 초현실주의 시인들에게 큰 영향을 끼쳤다. 그의 시론은 결국 몸부림이었다. 산사에서 진리를 향해 정진하는 고제웅 시인도 몸부림의 과정을 겪었던 것이다.

불교의 진리眞理는 너무 어렵고 또 높고 깊어서 배우기가 힘들다고 하는 이들이 있다. 중생이 살고 있는 사바세계娑婆世界에서 불타 석존의 진리는 깨우치기도 고통이며 살아가는 것도 고통 속에 있으니 그럴 수밖에 없을 것이다. 힘들수록 단순한 것에서 해답을 찾으면 의외로 쉬울 수가 있다.

어느 스님이 행자승에게 손으로 달을 가리키며 짓궂은 장난을 했다. '너 저게 무엇인지 아느냐?'고 물으니 행자는 아주 쉽게 '그거는 스님 손가락 아닌교'라고 대답했다. 스님은 '저게 달이지 어떻게 손가락이냐? 너는 달은 보지 않고 손가락만 보고 있느냐?' 행자승의 대답이 더 걸작이었다. '제가 달이라고 대답하면 스님은 야 이놈아 너는 손가락은 보지 않고 어찌 달만 쳐다보느냐고 하실 거 아입니꺼?'

〈시인의 나무〉에서 고제웅 시인은 나무를 시인 자신으로 의인화하고 자신은 나무에 투사하며 몸부림치는 과정을 작품으로 올려놓았다. 시인 랭보가 자신을 조롱하고 괴롭히는 그림자를 향해 함께 조롱하며 언어유희로

주옥같은 작품을 남긴 것은 결국 고통을 즐기며 희화화할 줄 알았기 때문이다.

〈시인의 나무〉에서도 '천벌을 받아 시인이 되었구나 / 다시금 생각해 보니 / 하늘이 은혜를 내려 시인이 되었구나'라며 고통을 즐거움으로 승화시켜 삶의 긍정적인 에너지로 환치換置시키고 있다.

자연을 대할 때 고마움을 느끼고 자신의 그림자와 전투하는 과정에서 항마진언降魔眞言을 외우고 승리하면 모든 세상사가 아름답게 느껴진다. 남을 대하는 마음으로 자연과 함께 호흡하다 보면 무주상보시無住相布施 같은 여유가 생기고 넉넉한 시인이 될 수 있음을 고제웅 시인은 작품을 통해 메시지를 전하고 있다.

"

긴 부리로 수초를 휘젓다가
땅거미를 응시한
따옥따옥 소리가 슬퍼서 아름답구나

산 노을을 따라
사랑의 접근도
구애를 위한 나뭇가지 흔들기도
깃털 다듬어 주기도
전설의 고향으로 갔다지만
따옥따옥 소리가 슬퍼서 아름답구나

개구리 미꾸라지로

고봉 밥상을 차리던
호시절은 뒤안길로 사라지고
화학비료와 농약에 목이 쓰려
따옥따옥 소리가 슬퍼서 아름답구나

생은 이미 정지한 채
따옥따옥 처량한 소리
들릴 듯이 들리지 않아
보일 듯이 보이지 않아
창녕 우포늪에서
아아, 잔존을 인간에게 부탁함이여
따옥따옥 소리가 슬퍼서 아름답구나

— 〈따오기〉 전문

따오기의 울음소리를 실제로 들어보면 상당히 처량하고 구슬프다. 겨울철에 한반도로 오는 철새지만 환경오염으로 인해 그 개체 수가 자꾸만 줄어들고 있어 많은 이들을 안타깝게 하고 있다.

역사적으로 보면 식민지 조선 한반도에서 일본으로 건너간 어머니를 그리워하며 만든 '따오기'라는 노래도 있듯이 시대적 상황이 처량한 조선에서 나온 노래라고 전한다. 정작 호주에서는 한국의 비둘기처럼 친숙하게 흔한 조류이기도 하다. 그래서일까 따오기를 주제로 만든 작품에서는 슬픈 구절들이 많은 게 특징이다.

고제웅 시인의 〈따오기〉에서도 '소리가 슬퍼서 아름 답구나'라는 역설적인 행이 5번이나 나오고 2연과 3연에 서 '전설의 고향'과 '화학비료와 농약'이 등장한다. 현대 를 살아가며 겪어야 하는 지구촌의 신음을 들을 수 있는 안타까운 대목이다.

4연에서 '생은 이미 정지한 채 / 따옥 따옥 처량한 소 리'의 따오기는 창녕 우포늪 생태관에 박제되어 전시된 따오기의 모습에서 시인은 더욱 처량함을 느끼고 있다. 강남 갔던 제비는 언제든 계절 따라 다시 돌아오지만, 어머니를 따라갔는지 한번 간 따오기는 영영 돌아오지 않고 있다.

'들릴 듯이 들리지 않아 / 보일 듯이 보이지 않아' 더 욱 안타까운 따오기는 남은 개체들의 '잔존을 인간에게 부탁하고' 있음을 느낀 시인은 그 영혼의 목소리를 대신 전해 주고 있다. 살아 있는 따오기라면 '오냐 그러마' 하 며 약속이라도 해 주겠지만 이미 생을 정지한 따오기가 시인에게 환영으로 전해 주는 메시지는 결국 시인의 울 림에서 나오는 심연의 목소리이며 우리 모두에게 전하는 간절한 기도이다.

일제 강점기에 나라 잃은 슬픔의 애환을 달래며 부르 던 '따오기'에는 '내 어머니가 가신 나라 해 돋는 나라'라 고 희망의 상징인 가사가 등장해서 은연중에 일본을 미 화하고 찬양하던 의미도 내포돼 있어 아이러니irony한 노 래라고 할 수 있다.

어쩌면 나라 잃은 잉카인들의 슬픈 꿈이 '무엇에도 얽 매이지 않는 자유'라는 뜻의 노래인 '철새는 날아가고El

$condor\ pas a$'와 유사하다고 볼 수 있다. '엘 콘드로 파사' 안데스 산맥을 비상하는 콘드로. 우수에 찬 선율로 연주하는 민속악기 께나$_{Quena}$ 소리가 매혹적인 그 노래는 정작 명곡에 걸맞지 않게 슬픈 전설이 내포돼 있다. 멸망한 잉카의 후예들은 영웅이 죽으면 '콘도르'가 된다는 믿음이 있었다.

고제웅 시인이 3번씩이나 강조한 '소리가 슬퍼서 아름답구나'도 시인이 느끼는 마음의 공명이며 울적한 화자의 심정을 따오기 소리에 실어 끝내는 다시 돌아올 것을 간절히 염원하는 희망의 소리라고 할 수 있다.

'꼭 살아서 다시 우리 곁으로 돌아오너라' 불가에서 말하는 윤회$_{samsara}$의 의미를 따오기 소리에 실어 합장해본다. 윤회는 함께 건너다 또는 함께 달린다는 뜻으로도 쓰이며 물레방아처럼 돌고 돈다는 의미이다.

시인은 이 작품에서 여러 세계를 돌며 삶과 죽음을 끝없이 되풀이하는 윤회를 따오기를 통해 투영$_{投映}$하며, 세상을 살아가는 인간들에게 자연과 함께 하는 지구촌 환경을 만들어 줄 것을 기원하는 간절한 따오기의 메시지를 전하고 있다.

"

임이여 손잡고 달맞이 가요
달빛이 차가워
풀잎에 이슬이 내리면
또르르 구르는 은구슬을 모아 세수하셔요

그럼, 당신의 민낯에 초승달이 어리고
초롱초롱한 눈빛 안에는 연당이 있어
나는 한 치의 망설임도 없이
푸른 연못에 뛰어들어
사노라 찌든 영혼을 씻겠어요

이윽고 달빛이 남산을 넘어가고
대명천지가 되어
이목이 두려워서
사랑도 부끄러워 이룰 수 없다면
"해님이 쓰다 버린 쪽박"은 어떠셔요

아아, 이별은 애달픈 정분이
금빛으로 더욱 밝아요

— 〈향달맞이꽃〉 전문

"

향 달맞이꽃은 노란 나리꽃이 있고 달달한 향기가 풍기는 분홍색으로 핀 분홍 낮달 맞이 꽃이 있다. 꽃이 고와서 이름이 황금 낮 달맞이꽃, 애기달맞이꽃, 꽃 달맞이꽃, 나비 바늘꽃 등 여러 가지로 불리며 꽃말은 기다림의 의미가 있다.

옛날에 어느 처녀가 달구경을 좋아해서 밤마실을 다니다가 어느 총각을 흠모하게 되었으나 다른 양반집 자제와 결혼하게 되었다. 결혼이 임박했을 때 그 결혼을 거부한 처녀를 어느 깊은 골짜기에 가둬놓고 말았다. 2 년이나 이름 모를 총각을 그리워하다 꽃이 되고 말았다 고 전한다. 그래서일까 온종일 달뜬 저녁만 기다리던 달 맞이꽃은 두해살이 풀꽃이 되었다.

'달빛이 차가워 / 풀잎에 이슬이 내리면 / 또르르 구르는 은구슬을 모아 세수하셔요.'처럼 임을 그리워하는 향 달맞이꽃은 실제로 청초롭다 못해 눈물이 맺혀있는 것 같은 풀꽃으로 금방이라도 이슬이 주르륵 흘러내릴 것 같은 모양을 하고 있다.

부처의 눈으로 보면 세상 만물이 부처로 보이게 돼 있다. 미안에 머물지 말고 항상 후회하는 일을 적게 하라는 것이 지계바라밀持戒波羅蜜이다. 부처의 인욕을 배우고 깨쳐야 곧 치심을 제거하는 욕바라밀이라고 할 수 있다.

'나는 한 치의 망설임도 없이 / 푸른 연못에 뛰어들어 / 사노라 찌든 영혼을 씻겠다.'라는 것도 세상사 번잡함과 더러운 마음을 내려놓고 선정에 들면 시간이 경과함에 따라 마음이 안정되고 지혜가 생긴다. 지혜가 생기면 모든 일에 의심이 사라지게 된다.

근심은 애욕에서 생기고 재앙은 물욕에서 생기며 허물은 경망에서 생기고 죄는 참지 못하는 데서 생긴다고 했다. '해님이 쓰다 버린 쪽박'이든 '달님이 쓰다 버린 쪽박'이든 내다 버린 쪽박은 거두어서 무엇에 쓸고.

어느 총각을 흠모하다 꽃이 돼버린 향 달맞이꽃도 결국 미혹에 사로잡혀 그리되었으니 아름답다기보다 후회하는 일을 만든 셈이다. 애달픈 정분에 이별은 '금빛으로 더욱 밝아요.'라며 이별을 그리워한 것은 회한으로 안타까워하는 것이 아닌 차라리 시원하게 잘 됐다는 청정清淨의 카타르시스catharsis라고 할 수 있다. 여기서도 고제웅 시인은 다시 한번 깨어 있는 '마음 챙김'으로 문득 제자리와 본마음으로 돌아와 있다.

니체는 인간의 가장 큰 동기는 그것이 무엇이건 삶에서 어떤 의미를 찾고자 하는 것이라고 했다. 삶의 이유를 갖고 있는 사람은 모든 것을 굳건히 견뎌낼 수 있다는 것이다.

자신의 삶이 무엇을 목표로 하고 있고 어디로 가고 있는지 알지 못한다면 인간의 삶은 동력을 상실하게 된다. 대상을 대할 때 이별의 정한을 떨쳐버릴 수 없음은 마음속에서 이별을 준비해두지 않음이요, 이별의 연습이 없었던 것이라고 할 수 있다.

자연과 사람 모두 인연은 찰나에 불과하다고 할 수 있다. 결과가 어떤 방향으로 흘러가든 자유롭게 움직일 수 있는 내적 자유가 있고, 선택하는 방향대로 움직일 수 있을 때 인간의 진정한 자유의지가 살아 있다고 할 수 있다.

'금빛으로 더욱 밝아요.'처럼 가질 수 없다면 차라리 내가 먼저 버리는 게 현명할 수 있다. '사랑도 부끄러워 이룰 수 없다면' 그 전에 마음을 버리는 게 상책이다. '향 달맞이꽃'에서 고제웅 시인은 '애달프다 어이 하리'하며 회한에 잠기는 것이 아닌 '푸른 연못'에 첨벙 뛰어들어 몸과 마음을 청정하게 만들며 선정에 들고 있다. "달마야 놀자"

> 미각이 깨어났다
> 찻잔은 기울고
> 감각 지각이 깨어났다
> 찻잔은 더욱 기울고
> 모든 겨를이 사랑이었음을 인식한다
>
> 빈 찻잔에
> 만월을 붙들지 말라
> 낙화를 보며 시를 읊조리는 것은
> 슬픔이다
> 빈 찻잔에
> 사랑을 노래함은 더욱더 슬픔이다
>
> 내 안에 탑을 쌓던
> 존재도
> 인연도
> 그냥저냥 가라고 하라
>
> 한 세상 지나고 나면 모든 것이 꿈이다
>
> ― 〈다경茶鏡〉 전문

찻물 하나에도 미각이 깨어나고 찻잔은 점점 더 기울어가고 모든 감각이 혀끝에 모여지니 그것조차 '사랑'이랄 수 있는 집착이다. '빈 찻잔에 / 만월을' 붙드는 것도

'낙화를 보며 시를 읊조리는 것'도 모두가 슬픔이라는 상념일 뿐이다.

정진하는데 마음에 장애가 없기를 바라지 말며 마음에 장애가 없으면 도를 넘치게 되니 장애 속에서 해탈을 얻으라고 했다. 수행하는데 마魔가 없기를 바라지 말며 마가 없으면 서원이 굳건해지지 못하니 모든 마군魔軍을 통해서 수행하는 데 도움을 주는 벗으로 삼으라고 했다.

일상의 주변에서 사물 하나하나를 세세히 살피며 '마음 챙김'의 수단으로 삼는다면 수행에 도움이 되지만, 그것에 이끌려 집착을 한다면 그것은 곧 마물魔物이 되어 마음을 번잡하게 한다. 시인은 여기서도 여지없이 그 마물들을 깨부수며 허상에 집착하지 않고 '그냥저냥 가라고' 하며 흘려보낸다.

성경의 전도서에도 '헛되고 헛되니 모든 것이 헛되도다'라며 인생은 정말 허무하고 세상만사가 너무 허망하다고 나와 있다. 여기서 '허무하다'라는 것은 허무주의를 말하는 것이 아니라 인간이 무지無知하여 세상사 번잡함을 스스로 자꾸만 만들고, 자신의 몸과 마음을 옭아맨다는 의미이며 적절하게 그 연결의 카테고리category와 네트워크network를 조절하고 단호히 끊어버리라는 것이다.

'한세상 지나고 나면 모든 것이 꿈이다'라는 것도 결국 대자유를 만끽하기 위해서는 번잡함에서 벗어나라는 해탈의 법문이라고 할 수 있다. 꿈속의 꿈A dream within a dream 즉, 몽중몽夢中夢 꿈속에서 깨어나지 못하고 또 다시 더 깊은 잠으로 빠져들어 꿈을 꾼다는 것이다. 여기서 또 다른 차원 속으로 들어가서 깨어나지 못한다면 영원히

헤어나지 못하게 되며 그곳은 곧바로 감옥이 된다.

영화배우 레오나르도 디카프리오가 주연을 맡은 영화 인셉션Inception에서도 몽중몽을 꾸며 깊이 들어가서 어떤 임무를 수행하게 된다. 꿈속에서의 정신적 추출extraction을 통해 첩보활동을 하게 되지만, 또 다른 층의 꿈속 장벽에 갇혀 빠져나오지 못하며 위험 속에서 헤매는 장면이 나온다.

꿈에서 깨었지만, 실제는 또 다른 꿈이라는 뜻으로 자각몽自覺夢: Lucid Dream의 '헛깨어남' 현상을 경험하게 되는데 여기에 빠지게 되면 잠재의식 속의 사념체思念體: elemental나 외부 사념체와의 만남이 이루어진다.

생사심이 끊어지고 아상我相이 사라지는 것을 생사심의 종말, 돈오, 백척간두 진일보百尺竿頭 進一步라고 한다. 원효대사가 해골물을 마신 후 깨달음과 그리스도가 응답이 없는 하나님의 침묵을 응답으로 알고 벼랑 끝에서 한 걸음 더 내딛은 것 같은 용기가 필요할 때다.

'다경茶鏡'에서의 '한세상'도 잠시 눈 질끈 감았다 뜨는 찰나의 순간일 뿐이다. 모든 것이 헛된 꿈이니 쓸데없이 번잡한 미몽迷夢에 사로잡히지 말라는 깨어 있는 자각에서 나온 고제웅 시인의 법문이라고 할 수 있다.

"

내 삶이 초가집 낙수에 걸쳐 있었다

마침 소낙비 그치고
햇빛이 초가집 마당을 비추는데
떨어지는 나는

톡,

물방울로 일었고

칠색 무지개가 영롱했다

내 영혼이 꿈의 저쪽에서

이곳의 삶을 음미하는 시각

내 삶이 초가집 낙수에 걸쳐 있었다

— 〈몽경夢鏡〉 전문

어느 교도소에서 장기간 복역하던 무기수가 하루하루 무념무상無念無想의 나날을 보내고 있었다. 그곳은 사방이 콘크리트 더미로 둘러쳐진 담장과 생활관 내에서의 단조로운 일상으로, 자칫하면 자아를 상실할 수도 있는 절체절명의 순간들이 늘 상시적으로 유혹을 하는 곳이다. 햇볕도 잘 들지 않는 생활관 한쪽 쪽창엔 철근 사이를 비집고 먼지 속에 날아든 씨앗이 발아되어 핀 소담한 민들레꽃 한 송이가 자리를 잡고 있었다.

그 무기수는 무기력한 나날을 보내던 중 질긴 생명력의 민들레꽃을 보며 폐부 깊숙한 곳에서 무언가 뭉쳤던 게 터져 나오며 긴 숨을 내쉬었다. 오랫동안 무겁게 온몸을 옭아매고 숨이 막혀오던 것이 한순간에 '뻥' 뚫리는 느낌이었다. 긴 슬픔의 덩어리가 오래된 숙변처럼 '쑤욱' 빠져나오며 쾌감을 안겨주었다.

산사에서 오랫동안 수행해오던 고제웅 시인도 〈몽경〉에서 비 그친 초가지붕 끝에서 떨어지는 낙숫물 방울에

'영혼이 이 꿈의 저쪽에서' 빠져나오며 몽중몽을 깨달아 박차고 나온 순간이다. 긴 한숨과 짧은 한숨 모두가 심신이 정화淨化되는 순간이다.

첫 행과 마지막 행에서 반복하는 '내 삶이 초가집 낙수에 걸쳐 있었다'라는 것은 '톡' 하고 물방울이 떨어지는 순간이 바로 오랫동안 참았던 울음이 터지고, 긴 울음 뒤에 오는 딸꾹질처럼 온 세상이 다 시원해지는 순간이기도 하다.

옛날 노인들이 강원도 첩첩산골에서 '정선아리랑'을 부르며 '비가 올라나 눈이 올라나' 넋두리하듯 읊조리던 것도 답답했던 몸과 마음을 정화해주는 씻김굿에 해당한다. 고제웅 시인도 물 한 방울에서 칠색 무지개를 찾았다고 하였다.

묵상기도와 명상은 크게 다르지 않다. 흔히 말하는 '멍 때리기'도 고요한 명상수행일 수 있다. 비 오는 날 처마 끝에서 마당으로 떨어지는 물소리나 지붕 위에 톡톡 떨어지는 빗방울 소리도 마음을 차분하게 가라앉히며 상념에 잠기게 해준다. 명상수행은 순수한 영혼을 바라보기 위해 내면의 세계 깊이 들어가는 행위를 말한다.

산문에 들어설 때도 세속에서 익힌 잘못된 습관을 버리고 몸과 마음의 행동, 언어 모두 주의하며 '지금'을 알아채고 오직 부처를 생각하는 마음을 가져야 한다. 시를 쓴다는 것도 마음의 찌꺼기를 버리고 지혜를 구하기 위해 차분히 명상하는 행위라고 할 수 있다.

'몽경' 꿈속에서 헤매지 않고 '떨어지는 나'는 한 방울 물소리에 문득 선잠에서 깨어난다. '몽경'은 상황에 따라 깊은 종 울림일 수도 있고 맑은 풍경 소리일 수도 있겠지만 꽹과리나 툭사발 깨지는 소리로 들릴 수도 있다. '나'는 여기서 아상我相과 집착執着에서 벗어난 '참 나'를 발견한 순간을 말한다.

마음공부에서 깨달음을 얻는 길은 아상我相, 인상人相, 중생상衆生相, 수자상壽者相의 사상四相을 칼날로 단호하게 끊어내는 것을 의미한다. 한겨울 샛강을 얼린 얼음에서 '쩡' 하는 소리에 잃어버린 '나'를 찾는 것과 떨어지는 물한 방울에서 찾은 '나'는 결코 다르지 않을 것이다. 몽중몽에서 헤매지 않고 자각몽을 깨달아 번쩍 '참나'를 찾는 명경지수明鏡止水의 순간이다.

"

단지, 무궁화 꽃인데 왜, 화녀라 부르셔요
그렇게 부르실 때마다 목메어요
무엇이 하늘의 기쁨인지 알았거늘
왜 비파, 거문고 가야금 등의 현악기를 타시며
저희의 아픔을 노래하셔요

임이여, 당신이 현악을 타시면
바르르 떠는 현이 공명관을 울립니다
그리하면 무궁화 꽃잎에는 한이 서리고
격정에 몸서리치다가 보면 낙화가 끝이 없어요

이제 하늘에서 현악은 그만 타셔요
곡조가 울릴 때마다 가슴이 미어져요

쓰라린 고통에 죽으려 해도
죽음마저 택할 수 없는 가슴앓이를
서러움에 뚝 뚝 떨어지는 하얀 은구슬을 모르셔요

　　　　　　　　　　— 〈이슬 맺힌 무궁화〉 전문

　　이슬 맺힌 무궁화를 왜 의인화시켜 화녀化女라고 표현
했을까. 부처나 보살이 현신하여 관세음보살의 형상을
하고 있음이다. 대웅전에서 좌복을 깔고 108배나
1,080배 또는 3,000배를 올려도 삼라만상의 집착이 괴
롭힌다면 기도에 정진할 수 없다.
　'왜 비파, 거문고 가야금 등의 현악기를 타시며 저희
의 아픔을 노래하셔요' 되물어 봐도 그 물음의 해답은 화
녀에게 들을 수 없다. 그 질문에 대한 답은 기도하는 본
인의 마음에 있기 때문이다. 비록 백 년을 산다고 하더
라도 생멸生滅을 모른다면 하루를 살아도 생멸을 아는 것
만 같지 못하다고 하였다.
　불법을 배우고 수행하는 것은 부처와 같은 깨달음을
얻고자 함이다. 쉬지 말고 옳은 것을 배우고 잘못된 것
은 고칠 줄 알아야 하며 남의 잘못을 탓하기 전에 자기
의 허물을 살필 줄 아는 것이 진정한 해탈의 지름길이
다. 기독교 교리에도 '쉬지 않고 기도하라. 범사에 감사
하라'라고 한 것과 같은 이치이다.
　이 작품에서 비파의 공명판을 울리는 화녀의 현악기
소리에 격정으로 몸부림치던 무궁화 꽃잎이 낙화하던 모

습에 시인의 가슴도 바르르 떨리며 가슴앓이를 하고 있다. 여기서 낙화는 인간의 사랑과 이별을 노래하며 애상의 한을 비통함으로 표현했지만 참으로 묘하게 사내의 열망도 함께 묘사해놓았다.

불교의 나라 인도나 중국에 가면 비파를 타는 비천상飛天像들을 자주 볼 수 있다. 비천은 불교에서 천사를 일컫는 말이다. 비파는 '현을 밖으로 드러내어 타고, 안으로 들여 탄다'고 비파琵琶라는 이름을 붙였는데, 그 오묘한 음색에 슬픔이 많이 묻어나는 악기이다.

옛날 중국 강주 사마로 좌천된 백거이가 은퇴한 기녀妓女의 연주에 감탄하고 자신의 서글픈 처지와 비슷하여 장시를 쓴 일이 있었다. 강가에서 비파녀의 연주 소리와 지난 삶의 행적을 듣고 둘이 비슷한 처지라서 '하늘 끝에 쫓겨난 윤락인淪落人'이라고 표현하며 힘없고 불쌍한 사람들을 동정하며 눈물 흘렸다고 한다.

3연에서 시인이 현악의 곡조가 울릴 때마다 가슴이 미어지는 것도 서러움에 하얀 은구슬이 뚝뚝 떨어지는 것도, 모두가 이슬 맺힌 무궁화에서 느끼는 동병상련同病相憐이라고 할 수 있다. 불·법·승 삼보가 상주하여 유연무연의 중생을 제도하고, 무명번뇌의 업장을 참회하여 소멸하고 생사윤회를 초탈하여 승불勝佛의 도를 깨쳐야 하지만, 시인도 어쩔 수 없는 한 사람의 인간이기에 어찌 떨어지는 낙엽 앞에서 무념일 수 있었을까.

애써 잠시 잊고 있었던 속세의 인연이 시인의 눈물을 자극하고 있고, 또르르 맺히고 떨어지는 무궁화 잎의 이슬은 투영된 시인의 눈물이라고 할 수 있다.

계절마다 피고 지는 화사한 꽃잎 앞에서 세속적인 열망과 함께 세월의 무상함을 애써 부여잡았다 놓았다 반복해야만 하는 그 심경이야 얼마나 쓸쓸하고 힘든 번뇌 망상일까. 나무불 나무법 나무승 관세음보살님께 귀의歸依하며 애써 번잡함을 떨쳐내고 있다.

        "

나는. 사각사각 푸른 하늘을 꿈꾸는 누에가
싱싱한 뽕잎을 먹듯 무궁한 세월을 먹고 있어요
시공도 멈춰 버린 절대적 어둠의 끝이
마침내 사각사각 먹히며 여명이 동트고 있어요

여름의 길목에서 고치 속 어둠을 뚫고
우화등선하는 나방처럼
민낯 처녀의 어여쁜 얼굴보다
순수한 아름다움으로 수를 놓아요

해맑은 웃음이 온 천지에 가득한 꿈을 꾸며
임의 얼굴을 꽃잎 가운데 담아요

오오. 임이여. 평화로운 해와 달의 공양을 위해
나는 가시밭 험한 길마저 버리지 않았어요

초유 냄새 물씬히 풍기는 젖내 나는
생명의 길임을 잊지 않았어요

"

　무궁화 일심은 '초유 냄새 몰씬히 풍기는 젖내 나는 / 생명의 길임을 잊지 않았어요.' 관세음보살께 귀의하는 동자승처럼 순수한 마음을 고백한 작품이다. 화자가 투영하고 있는 세월을 먹고 있는 누에는 '시공도 멈춰버린 절대적 어둠의 끝'에서 일심으로 소신공양을 하며 백척간두百尺竿頭에서 진일보進一步하고 있다. 그것은 애써 아상의 생각을 걷어차며 초탈의 끝을 부여잡고 몸을 던지고 있는 상태를 말한다.

　성서에도 베드로는 오라는 명령에 사납게 일렁이는 바다에 뛰어들었고, 예수 그리스도는 하나님의 침묵을 응답으로 알며 죽음을 두려워하지 않고 온몸을 내던졌다. 초탈超脫이야말로 백척간두 진일보인 것이다. 수도자들은 자아의식의 흔적이나 깨달음에 대한 집착까지도 놓아버린다.

　원효대사가 해골을 보고 어제저녁과 오늘 아침에 마신 바가지도 같고 물도 같은데 달라진 것은 물을 마신 사람의 생각이었음을 깨닫게 되었다고 한다. 다시 또 해골에 고인 물을 마실 수 있다면 백척간두 진일보이다.

　'우화등선 하는 나방'이나 '민낯 처녀의 어여쁜 얼굴보다' 시인의 마음은 '해맑은 웃음'으로 임의 얼굴을 꽃잎 가운데 수를 놓고 싶다고 했다. 여기서 임의 얼굴은 '초유 냄새 몰씬히 풍기는' 시인의 어린 시절 어머니의 모습일 수도 있다. 그 어머니의 모습과 관세음보살이 함께 투영되어 '가시밭 험한 길마저' 달려가겠다는 귀의의 맹세를 다시 떠올리고 있다.

'거룩한 부처님께, 거룩한 가르침에, 거룩한 스님들께 귀의합니다.'라며 계를 받고 삭발을 하던 그 초심으로 돌아가며 자비로운 꽃바람에 무궁화 일심으로 몸을 싣는다.

무궁화는 7월에서 10월까지 매일 줄기차게 새 꽃이 피며 그 이름도 끝없이 피어난다는 의미와 끈질긴 생명력의 상징으로 무궁화라는 이름이 붙여졌다. 그 꽃말은 '섬세한 아름다움, 일편단심, 은근과 끈기'로 인내하며 절제해야 하는 산사山寺의 생활과 다르지 않을 것이다.

'평화로운 해와 달의 공양'은 불전에서 향香, 등燈, 꽃[花], 차茶, 쌀[米], 과일[果]의 육법공양六法供養으로 마음을 돌려 참회하고 진실함을 불전에 고하는 행위로 불자와 승려들의 마음이 평화로워짐을 의미한다.

교회에서 수도자와 수녀들이 오롯이 온전하게 하느님께 봉헌할 것을 서약하며 예수 그리스도와 함께 예수 그리스도의 길을 가겠다고 하는 것과 불자와 승려들이 일심 참회하며 붓다와 함께 그 길을 가시밭 험한 길이라도 기꺼이 가겠다고 서원하는 것도 다르지 않다.

두 종교가 교리는 다를지라도 그 앞에서 맹세하는 과정과 순수한 열망은 크게 다르지 않다. 두 종교 모두 어린아이의 마음으로 눈물지으며 그 품에 안기는 행위는 모두 같은 의미라고 할 수 있다.

불교에서 연꽃[蓮]은 새롭게 태어남을 소망하는 생명을 의미하며 어린아이가 축복 속에 태어나는 어머니의 사랑과 태胎를 의미한다. 석가모니 부처가 태어나자마자 사방으로 일곱 걸음을 걸은 뒤 '하늘 위, 하늘 아래 오직 나만이 홀로 존귀하다'라는 뜻으로 '천상천하 유아독존天上天下 唯我獨尊'이라고 우렁차게 선언을 하였는데 그 태어난 곳도 연꽃이었다. 연꽃은 아기를 잉태하고 생산한 어머니의 모성母性과 여성성女性性을 의미한다.

'무궁화 일심'은 고제웅 시인의 흔들리지 않고 다시 한 번 마음을 다잡으며 서원을 확인하는 '마음 챙김'이라고 할 수 있다.

"

궁궐, 사찰, 고대광실 아니 오두막도
기둥이라면 기둥이 지닌 아픔이 있다

산채로 베어져 건축 현장에 끌려 온 수모와
잘린 팔의 상처
상처의 옹이마저 깎이고
벌거숭이로 눕혀져 먹줄을 맞고 대패에 밀린 가슴앓이가 있다

그리고 사랑스레 평방 창방을 껴안기 위해
톱날에 썰리고 끌로 다듬어질 때
인고하며 고해를 건넜다

장여, 도리, 오량, 대들보 등 무수한 기와까지 받들며
상방, 중방, 하방과 함께
벽과 문을 거느리고 모두를 품는다

재목이 되어 쓰임도 어렵지만
가치는 묵묵히 서
가슴을 다독여 인고로 양명陽明을 지킨다
셔터의 초점도 휴대폰의 소리와 진동도 배흘림으로 안는다

— 〈기둥의 입신立身〉 전문

법구경에 이런 말이 나온다. "오늘의 모습은 어제의 생각에서 나오고, 현재의 생각이 내일의 삶을 만든다. 결국 인생은 마음이 만든다." '기둥의 입신'에서는 건물을 만드는 과정에서 기둥이 각 구조물을 받쳐주며 하는 역할에 대해 건물을 조립하고, 다시 해체하고 재조립하는 과정의 부품을 세세하게 설명하면서 그 존재의 이유를 찾아내고 있다.

나무가 '산 채로 베어져 건축 현장에 끌려온 수모와 잘린 팔의 상처'를 통해 제물이 되는 아픔과 장여, 도리, 오량을 받쳐주며 묵묵히 인고의 세월을 보내는 기둥의 삶을 보여주고 있다. 사람으로 치면 조직에서 제일 하부의 역할을 하며 동료와 윗사람들을 떠받쳐주는 등받이를 해주고 있는 셈이다.

기둥이 제 가치를 인정받지 못하고 무식하게 힘만 센 천덕꾸러기 취급을 받지만, 그 기둥이 무너지거나 기울면 조직 전제가 와르르 붕괴하니 엄청난 역할을 수행하고 있다고 해도 과언이 아닐 것이다.

건축물의 자재가 모두 제각기 역할이 있겠지만 저마

다 모양 좋고 사람들의 눈길을 받는 위치에 있어도 기둥은 언제나 제자리에서 묵묵히 침묵하며 제 역할에만 충실히 하고 있다. 있어도 그만 없어도 그만인 것처럼 인식될지 몰라도 없으면 큰일 나는 중요한 핵심 중의 핵심이라고 할 수 있다.

이 작품은 구조structure를 통해 본 인간 사바세계에서 일어나는 관계의 중요성도 함께 일깨워주고 있다. 여기서 시인은 단선적 체험이나 관찰을 거기서 그치는 게 아닌, 다양한 사물의 세계를 연결하는 연기법緣起法을 통해 타자와 대상물들이 다름이 아닌 모두가 하나로 연결돼 있음을 상기시켜주고 있다.

고제웅 시인이 시를 통해 전해 주는 화두는 관계關係라고 할 수 있다. 시계의 부품마다 제각각 다른 역할이 주어지지만 그 조합이 일치할 때만 완성된 시계로서 제 기능을 다 할 수 있듯이, 사람들이 모인 조직이나 건물 구조에서 부품들도 마찬가지인 것이다.

둘이나 셋 이상의 구조물이나 사람이 그 관계성에서 한 치도 벗어날 수 없는 현실의 네트워크를 등치等値시키며 하나의 뭉치로 의미를 부여하고 있다. 그 뭉치도 해체하면 제각각 다른 성분과 성향을 가지고 개성이 독특한 존재들일 수 있다.

조립생산에서 부품들이 서로 짝이 맞지 않거나 귀찮은 일이 발생할 때 수정해야 할 부분을 '간섭 부위'라고 한다. 그 간섭 부위는 깎고 다듬어서 매끄럽게 조합을 이루도록 해줘야 하나의 일치된 완성품이 만들어지게 된다. 사람이 모인 조직체도 마찬가지다. 개성이 너무 독특하고 뚜렷하면 마치 밥이 따로 놀고 숨이 죽지 않은 나물들이 파르르 살아서 맛있는 비빔밥을 만들 수 없는 것과 같은 현상일 수 있다. '기둥의 입신'은 결국 기둥의 희생이며 또 다른 의미로는 없어서는 안 될 재목이라고 할 수 있다. 여기서 쓸모 있는 재목이기에 그 존재는 더욱더 존귀한 것이다.

"

통도사 대적광전에서 두런거리는 소리가 들린다

평방아, 압사하겠다
창방아, 안다
소로, 장여, 도리, 서까래, 부연 그리고 용마루,
내림마루, 추녀마루와 기왓등 기왓골의 암키와 수키와가
엉덩이로 민다

오대산에서 온 첨차 처녀는 그렇다 치고
제 년이 춘양목이라고 자랑하는 도리 아줌마 있지
목욕은 언제 했는지 퀴퀴한 냄새 말도 마라
머리가 지끈지끈 숨이 멎을 것 같다

역겹고 허리가 끊어질 것 같은 통증에 나만 생각했나 보다
우리가 불목하면 기둥과 기둥이 손잡을 수 있을까
서로서로 뜻이 맞아야 너와 나를 넘어서 하나를 이루며
국보가 된다

산다는 것이 숨 막히고 답답하지만
작은 새가 지저귀는 소리 들어 보렴
하늬바람이 치부를 더듬는 수작에
몽정을 하고 말았다고 한다
그래, 참고 견디다 보면 꽃으로 피는데
창방의 고뇌는 안녕과 소통이다

통도사 대적광전에서 두런거리는 소리가 들린다

— 〈창방의 고뇌〉 전문

　　여기서 시인은 조용히 창방을 응시하고 타자他者들과
의 관계가 아닌 대상을 그려내고 자연과 생명의 순환과
정을 노래하고 있으며, 사람의 관계보다 구조structure의 대
상물들을 통해 존재론적 가치를 부여해주고 있다.
　　2연에서 '오대산에서 온 첨차 처녀'와 '제 년이 춘양목'
이라고 자랑하는 관계성을 등치等値시키며, 자연에서 가
져온 재목을 의인화시켜 불협화음 없이 제짝을 찾을 것
인지에 초점을 두고 노심초사하는 마음을 보여주고 있다.
　　'창방의 고뇌'는 안녕과 소통이다. 반대 개념은 불화와
불통이다. 결국 창방의 고뇌는 그 목적이 화합과 조화를
통해 찰나의 순간에서 잃어버린 존재의 근원을 미학적美學的
세계관의 지평을 넓히는데 있다.
　　창방은 세로로 지탱하는 기둥에 비해 길이대로 옆으로
누워 기둥과 기둥의 머리를 연결해주는 부재이다. 마지막

완성된 목조건물 안에서 서릿발 같은 일념으로 기와를 얹고 정진하는 수도승이지만, 여기서는 조용히 자연과의 대화 속에 투영된 시인의 세계관을 엿볼 수 있는 대목이다.

산다는 것이 하찮은 것 같아 보여도 여차하면 천 길 낭떠러지로 떨어지는 것처럼 '하늬바람이 치부를 더듬는 수작에 / 몽정'을 하거나 '참고 견디다 보면 꽃으로 피는데' 안녕과 소통을 기원하는 시인의 세계관은 존재론적 기원을 통해 과거와 현재에 그치는 게 아닌, 찰나의 순간과 연속성을 등치시켜 해탈에 이르는 수도승의 내면세계를 보여주고 있다.

'통도사 대적광전에서 두런거리는 소리'가 들리는 순간은 결국 참고 견디며 안녕과 소통을 이루어낸 과정을 말한다. 춘양목春陽木을 베어와 기둥과 창방, 소로, 부연, 용마루, 내림마루, 추녀마루, 첨차를 날줄과 씨줄을 직조하듯 조합하여 법당을 완성하는 과정의 소리였던 것이다.

운주사에 세워진 돌로 만든 천개의 불상과 불탑으로 이루어진 천불천탑을 쌓는 과정이든, '통도사 대적광전에서 두런거리는 소리'가 들리는 순간이든 모두가 승불勝佛을 이루기 위한 근기根機의 과정이라고 할 수 있다.

'저게 과연 될까?'라며 시작도 하기 전에 의심과 불신부터 조장하는 이들도 있지만, 미련한 자여 그대 또한 중생일 뿐이다. 바위에 계란 치기와 계란에 바위 치기처럼 대속자 예수 그리스도를 신의 아들이라느니 그가 곧 신이라느니 하는 궤변으로 시간을 허비하며 논쟁하는 이들도 마찬가지일 것이다.

부처가 신이라느니 또는 인간일 뿐이라느니 하는 해

묵고 가치 없는 논쟁 또한 마찬가지일 것이다. 창방의 고뇌가 실천하고자 하는 소기所期의 목적만 달성하면 되는 것이다. 천 길 낭떠러지 허방에 발을 딛지 않고 무사히 결과에 이르도록 노력해가는 과정, 그것이 큰 법기法器라고 할 수 있다.

> 소나무는 산 등을 따라 도열했다
>
> 삶은 언제나 청청하고
> 곧아야 한다며
> 한 점 부끄럼 없이
> 하늘을 우러러 푸르게 걷다
> 영문도 모른 채 사슬에 묶여
> 어느 날 부산 강서구 송정동의 제재소로 압송되었다
>
> 염의를 입은 스님이 사장과 수군거렸고
> 수상하다는 생각이 들었는데
> 기술자가 겉살을 자르고
> 직사각으로 제재하더니
> 부산 동구 초량동 화엄사로 이송시켰다
> 도편수가 훑어보더니 조각이나 치장도 없이
> 대패로 반반히 곱게 밀고 톱으로 자른 후
> 집을 짤 때 공포에 얹어 도리의 아내로 시집보냈다
>
> 전각이 지어진 후 단 한 번도 체위는 바뀌지 않았다

남편은 육중한 몸으로 누르며 그 짓을 했고
나는 언제나 폭행을 당하고 있다
부처님께 하소연해도
우리네 법당 부처님은
등신불이라 등신인가
잔잔한 미소를 던질 뿐 대자대비는 없었다

입담이 좋은 주지 스님의 법문이 있었다
뉴스에 여자가 남편을 묶고
성폭행했다가 피소되었다고
아아, 나도 체위를 바꾸면 숨이 트일 것인데
탁,
법상을 두들기며
장여가 도리 위로 올라가 체위가 바뀌면
화엄사 대적광전 전각은 어찌 되느냐고 일갈을 던졌다

삶은 몫이 있다
주추는 주추의 몫
기둥은 기둥의 몫
촛가지는 촛가지의 몫이 있다

하늘의 별빛도 삼태성, 북두성, 사자자리, 오리온자리
낱낱 별들이 자리를 지키고 있어
밤하늘이 아름답듯
부재들도 부재로써 몫을 다할 때
한 채의 전각이 원각을 이룬 모습이다

"

세상의 평화는 모든 만물이 제자리에 있을 때라고 했다. 그러나 어찌 제자리에만 머물 수 있을 것인가. 정靜과 동動이 제각각 서로 잘났다고 경쟁하다가 다시 제자리로 돌아와 휴식을 취해야 원통圓通의 깨달음을 얻게 되는 것이 세상 이치다.

고제웅 시인은 산왕山王을 자처하며 꿋꿋하게 자리를 지키던 소나무의 일생이 포박되고 압송하여 무참하게 능지처참 되어 다시 자연의 품으로 돌아가는 과정을 에둘러 화엄사 대적광전 전각으로 표현했다. 거기다가 입담 좋은 주지 스님의 법문을 빌어 남녀의 운우지정 상열지사雲雨之情 相悅之詞로 변신시켜, 잠시 엉뚱하게 즐거운 상상으로 고단한 산사의 하루 중 잠시 속세로 시간여행을 떠나 보기도 한다.

화려하던 소나무가 제재소의 기술자들 손에서 횟감처럼 각이 떠지고 반듯한 재목이 되어 이리저리 팔려 다니기도 하고, 납품되는 과정은 여인이 시집가는 모습으로 환치되어 은근히 남의 침방사를 엿보기도 하며, 즐거운 상상으로 이리저리 체위를 바꿔보기도 한다.

4연부터는 남녀의 상황이 바뀌어 육중한 전각이 남편이 되고 내리 짓눌림을 당하는 1인칭 '나'인 시인이 여자가 돼 보기도 한다. 여기서 육중한 전각의 기둥은 남성을 상징하는 양물陽物로서의 의미가 된다. 기어이 체위를 바꿔

위로 올라타 보려고 시도해 봐도 제각각 제 위치를 지키는 정상위를 강요당하는 게 문득 깬 일반적인 현실이다.

'부재들도 부재로써 몫을 다할 때 / 한 채의 전각이 원각을 이룬 모습'은 어쩌면 그 자체로 이미 원통圓通을 이룬 것으로 보인다.

시 쓰기는 심연의 탑 쌓기와 동시에 공명共鳴으로 다시 탑 허물기 작업을 하는 것이라고 할 수 있다. 서릿발 같은 일심으로 수도하는 승려도 존재의 사유를 통해 생명의 윤회 즉, 영속성과 잃어버린 존재의 근원을 고찰하다 보면 생명의 근원인 그 짓(?)으로 엉뚱한 상상을 하며 다시 돌아가게 된다.

기억의 저편과 지금 여기에서의 시인은 다시 또 새로운 저편에서의 사물과 만남을 통해 먼 고해의 바다를 항해하다 다시 귀착지歸着地로 돌아오는 여행을 하게 된다.

시인에게 상상력과 대상을 관찰하며 느낀 직관력은 우주여행을 떠남과 동시에 현실로 돌아오며 깨어나는 행위에 해당한다. 어쩌면 소나무를 자르고 깎으며 각을 뜨는 도편수는 직접 그 짓(?)을 하는 행위자일 수 있으나, 안타깝게도 그것을 엿보며 애를 태우고 또 그 육중한 무게감을 견딜 수 없어, 내면의 갈등으로 가슴앓이를 하는 1인칭 '나'인 시인은 그 자체로 이미 설산고행雪山苦行을 하고 있는 중이다.

석가여래의 원만한 깨달음을 얻기 위해 숨 막히는 몸부림을 치며 수행을 하는 시인에겐 대자대비의 잔잔한 미소는 없고 고통만 더해갈 뿐이다. 이미 석가모니는 그 모든 것을 알고 있기에 그저 잔잔한 염화미소拈花微笑를 지을 뿐이다.

'네가 말 안 해도 다 안다'라며 이심전심으로 눈길을 보내고 있고 수행승은 공연히 붉어진 얼굴로 어쩔 줄 몰라 한다. 잠시 엉뚱하고 발칙한 상상력으로 여행을 떠났던 뒤끝이 이렇게 허망할 뿐이며, 주변 사물은 이런들 저런들 이미 모든 게 제자리에 앉아 자리를 잡고 있다. 1인칭 '나'도 제자리로 돌아와야 할 시간이다.

도편수가 하는 몸짓과 손짓의 행위가 영 마음에 들지 않아 직접 행위를 하고 싶은 구경꾼의 오지랖이었음을 문득 깨닫는 순간이다. "메주 스님 기술자 다 되셨네요." 다른 스님들의 목소리가 맑은 풍경 소리와 함께 바람에 실려 따라온다.

"

내가 사는 부산 동구 초량 화엄사 대적광전은
갖은 주심포에 팔작지붕 오량보는 좌우에 둘씩 넷이다
건축 당시 경제적 이유로 용머리 제작을 미뤘더니
아직 이무기로 승천이 늦다

사십구재가 있던 날 바라춤이 있었는데
쨍그랑, 바라를 엎자
소리의 파문에서 용녀가 뛰쳐나와 춤사위를 밟는다
단소와 가야금이 울리는 소리의 밥과 춤이 어울려지고
귀와 눈이 그런 정황에 빠져들수록
제를 받는 넋들이 고혼들이
해탈을 얻는 것인가

화단의 꽃들이 미풍에 빙긋이 고개를 끄덕거린다

아아, 보석 그물로 짜인 옷
올 사이로 그녀의 가슴이 보일듯하다가 보이지 않고
아니 보일듯하다가 보이는 듯이 하는 감흥이여
정녕 꿈인가 생시인가
용이 되어 함께 날다가 보니 용소龍沼가 나오고
소가 깊어 명주실 한 타래 풀어도 끝이 닿지 않는다

전설과 설화의 숲을 얼마나 걸어가면
중중모리 장단을 밟다 자진모리장단으로 돌 수 있을까
화려한 단청
용의 비늘 사이로
아름다운 용궁이 보인다

　　　　　　　　　— 〈오량보의 행적〉 전문

　〈은폐된 장여의 사랑〉에 이어 또다시 대적광전이다. '건축 당시 경제적 이유로 용머리 제작을 미뤘더니 / 아직 이무기로 승천이 늦다' 제자리로 돌아온 줄 알았더니 다시 또 오지랖이 발동하여 사십구재가 있던 날 '쩽그랑' 바라를 엎고 뛰쳐나온 '용녀'와 함께 생시인 듯 꿈인 듯 춤을 추는 1인칭 화자는 넋을 잃고 있다.
　새롭게 만들어진 대적광전에 용머리가 없어 얼마나 적응이 되지 않았으면 직접 용이 되어 날고 싶은 마음이

었을까. '중중모리장단을 밟다 자진모리장단으로' 돌고 '화려한 단청'을 꿈꾸며 '아름다운 용궁'을 그려보았을까.

다시 쨍그랑, 바라 소리에 문득 찰나의 꿈을 깨면 아직 미완성인 대적광전의 용머리는 민둥한 상태이며 잠시 화려함을 생각하던 시인의 마음은 아쉬움만 더해간다. 그래도 '화단의 꽃들이 미풍에 빙긋이 고개를 끄덕거림'을 본 시인은 이제 곧 완성될 용궁을 그려보며 '그녀의 가슴'을 은근히 바라본다.

이 시는 '오량보의 행적'을 통해 1인칭 화자가 본 심미적 관조와 찰나의 시상을 함축하고, 잠시 즐거운 상상과 시간여행을 통해 마음의 응축과 절제로 다시 돌아와 현실의 감각을 잊지 않은 시적 언술이 백미라고 할 수 있다.

큰 테두리에서 보편적인 사바세계의 근원적인 원리를 벗어나지 않고 자신만의 독특한 내면의 세계를 구축하며, 고단하고 지루한 수도자의 시간들 속에서도 마음의 위안과 즐거움으로 견뎌내는 대긍정大肯定을 노래한 심상이 아름답게 보인다.

그럼에도 불구하고 늘 잊지 않는 것은 명상을 통한 '알아차림'으로 평형성을 유지하는 굳건한 시인의 심상이 느껴지는 작품이다. 터질 듯한 아슬아슬함 속에서도 늘 다시 제자리로 돌아오며 용머리에 대한 아쉬움으로 마무리를 지어 비록 민둥한 대적광전이지만 작품은 화룡점정畵龍點睛이랄 수 있다.

니체는 '인간의 가장 기본적인 동기는 그것이 무엇이건 삶에서 어떤 의미를 찾고자 하는 것'이라고 본다. 삶의 이유를 갖고 있는 사람은 거의 모든 것을 견뎌낼 수 있다.'라고 했다.

자신의 삶이 무엇을 목표로 하고 있고 어디를 향해 갔는지 방황한다면 인간의 삶은 그 에너지를 상실하게 된다는 것이다. '좋은 삶'과 '좋은 시'는 어떤 방향으로 나아가는 스스로가 자유롭게 선택할 수 있는 조건과 행동으로 옮길 수 있는 심장과 내면의 소유에서 나올 수 있다.

여기서 시인은 있는 그대로의 조건과 자신의 환경을 자각하고 체험하면서 수도자로서의 길을 굳건히 가는 심장心腸을 유지하고 있다.

'지금 여기'와 '알아차림'으로 결코 흔들리지 않는 속에서도 때론 발칙하고 엉뚱한 상상력으로 즐거움을 만끽하며, 내면에 억눌려 있던 감정과 충동을 밖으로 꺼내어 시적 비유로 마음을 비우며 정화catharsis해 내는 작업이야말로 진정한 해탈解脫이며 명상을 통한 치유의 과정이다. 〈오량보의 행적〉에서 시인은 이미 대적광전에 용머리를 달고 이무기가 아닌 용으로 투영되어 승천하고 있는 중이다.

　　"

내, 젊음을 바쳐 불사佛事한
부산 동구 초량동 구봉산 화엄사 대적광전
기와지붕에 동파가 나서
개와 불사 하려니 비용이 만만치 않아
서당 개 3년이면 풍월을 하듯
기와장이 되어 흉내를 낸다

암키와 한 장 갈려면 수키와 두 줄을 걸고

흙도 걷어내야 수리할 수 있는데
기껏 한 작업에 복병이 터지면
바둑판의 하수처럼 물리고 다시 잇는다

이세돌이 이름에 돌 자가 들어 바둑을 잘 두듯
화엄사 대적광전 지붕을 이은 기와공은 "이상돌"
솜씨가 신통해서 "돌"자 때문인가 생각했는데
어느 날 교통사고로 사석이 되었다

고인을 대신하여 지극정성 기와지붕을 수리하며
관절염을 앓고 있는 지붕이여
빗물이 새지 않도록
속눈썹 아롱지는 가슴을 가엾이 여겨 달라 손 모은다

— 〈꽃피는 개와〉 전문

    아득히 먼 세월의 강을 건너 용머리를 얹지 못해 애달
파 하던 화엄사 대적광전의 지붕은 이제 빗물이 새고 관
절염을 앓고 있다. 예전에 대적광전의 지붕을 이던 기와
공은 이제 저편으로 건너간 지 오래고 낡은 기와지붕은
혼자서 기침하고 앓으며 견뎌내고 있다.
    시인이 젊은 시절에 불사한 대적광전의 기와지붕 수
리비용이 만만치 않아 어설픈 기와장이가 되어 지붕 위
를 엉금엉금 기어보지만, 천 길 낭떠러지로 떨어질까 위
태로워 처삼촌 벌초하듯 아슬아슬하게 땜빵질로 응급조

치를 한 탓에 윗돌 빼서 아랫돌 막듯 모양새가 영 말이 아니게 돼버렸다.

폭삭 늙어가며 지붕을 이고 촉수 뻗은 가지로 상처 입은 몸을 칭칭 감고 동여매어 힘겹게 생을 질질 끌고 가는 산사의 풍경에서 함께 관절염으로 주저앉으며 낡은 집을 본다. 대적광전은 소리 없이 태양을 삼키고 퇴역한 폐선처럼 생의 허물만 풀풀 날리고 있다.

어찌할 것인가. 그래도 퇴역하지 못한 폐선은 생을 다하는 날까지 수리하며 함께 가야 할 몸체가 돼버린 지 오래다. 고제웅 시인이 젊은 날에 불사(佛事)한 화엄사 대적광전은 아직 그 수명을 다하지 않은 쓸모 있는 건물이기에 화자와 함께 다정한 연인이나 노부부처럼 늙어가는 동반자인 것을.

우리는 고통스러운 경험과 투쟁하는 동안 자신이 원하는 삶을 뒤로 제쳐두고 만다. 그 상황에서 아무리 벗어나려 해도 고통스러운 순간은 계속 이어지며 뫼비우스의 띠처럼 또는 물레방아의 수차처럼 반복되고 있다. '행진 또 행진'일 뿐이다. 다행인 것은 그 과정에서 함께 가는 동반자는 양념이 잘 버무려지고 숙성된 김치처럼 익어가는 관계라는 것이다.

시적으로 표현된 생각은 언어로 구성된 세계로서 그 시선을 광대무변한 우주로까지 가져가기도 하고, 현재에서 과거의 세계로도 거슬러 올라가며 시간여행을 시켜주고 있다. 개념화된 과거와 현재는 다가올 미래시점의 장소에까지 이동시키며 생각을 변화시키기도 한다.

'지금 이 순간' 시인이 해야 할 중차대한 사명은 낡은 기와의 수리로 빗물이 새는 것을 막아내야 한다. '지금 이 순간' 가장 가치 있는 일인 것이다. '마음 챙김 기술'은 다른 옆길로 새지 않고 잡념과 미몽迷夢에 낚여 들지 않으며 지금 있는 그대로의 모습으로 대상을 바라봄에 있다.

지금 현재 시인은 순간과의 접촉을 유지하고 사물에 대해 관찰하는 자아自我를 붙들어 가장 의미 있고 가치 있는 목적을 달성해내야만 하는 절대의 순간이다.

지금 기와의 수리 작업야말로 낡은 지붕과 화자의 마음에 화사한 꽃을 피워내는 일과 병치倂置되는 일이다. '기껏 한 작업에 복병이 터지면 / 바둑판의 하수처럼 물리고 다시 잇는' 얼치기 수리공의 허우적거림에도 불구하고 이제 머지않아 곧 꽃구경할 수 있을 것이다. 김밥 옆구리가 터질 때면 젓가락으로 허우적거리는 것보다 숟가락이 더 편리할 때가 있다.

젊은 시절 육덕 좋은 대적광전을 안고 체위를 바꿔가며 적응해가느라 끙끙 앓던 시인은 함께 늙어가는 몸체 위 머리를 애써 다듬어 주지만 아뿔싸, 힘 빠진 머리카락만 쑹덩쑹덩 빠지고 있다. 어설픈 병간호와 몸 만져주기가 어쩐지 불안하고 안쓰럽기만 하다. 그 애틋함이야 어찌 말로 다 표현할 수 있을까.

'속눈썹 아롱지는 가슴을 가엾이 여겨 달라 손' 모아 올리는 간설한 염원이 기와지붕과 용머리를 거쳐 저 하늘 끝까지 도달할 수 있을 것이다. 두 손 합장.

점심을 마치고 선원禪院에 갔다
모태에 들기 전에 나는
"이 뭣고"
화두를 들며 방석에 앉았다
호흡을 고르며 선정에 들려 해도
선은 미로
들숨 날숨을 따라 헤매다 보면
숨결을 따라 희로애락이 고인 호수이거니

아아, 그곳 호수 속의 일지여
거기, 번뇌가 출렁거렸고
눈물이 출렁거렸고
어류인 듯 헤엄이 유유하구나

보라, 바람이 자고 물결이 자면
물밑이 환하듯
숨결이 고요해지면
지나온 여정이 거울이 되는 것을
그림자를 붙들고 얼마나 흐느꼈더냐

생을 사랑하라
죽음도 사랑하라
겸애가 등을 다독거렸다

— 〈영혼 4〉 전문

사물을 볼 때 눈에 띄는 부분은 쉽게 드러나지만 그렇지 않은 부분은 배경 역할만 하게 된다. 그런 것을 '배경 그림의 원칙'이라고 한다. 시인들이 하는 시적 언술은 눈에 보이는 부분만 묘사하는 것이 아닌 눈에 보이지 않는 부분까지도 잡아채서 이면에 숨겨진 이야기들까지도 할수 있어야 한다.

〈영혼 4〉의 1연에서 '이 뭣고' 하는 화두를 꺼내는 순간 그 주변 사물 모두가 관찰대상이 되는 순간이다. 점심을 마치고 선원에 들어 들숨과 날숨에 들어가기 전엔 여러 가지 잡심이 많지만 일단 선정에 들어가면. 그곳은 고요와 함께 1인칭 화자는 물속을 유영하는 한 마리 물고기가 되어 자유를 만끽하게 된다.

그 자유의 순간에는 문득문득 공포와 환희가 교차하며 불안의 물결 속에서 번뇌와 함께 지나온 여정의 그림자가 진득하게 달라붙어 선정에 든 마음을 다시금 괴롭힌다.

어두운 곳에 있으면 옆 사람이나 사물과 급속하게 친밀해지기도 한다. 어두운 곳은 불안을 유발하고 그 불안 심리로 옆에 있는 그 무엇이든 붙들고 싶은 친화욕구가 강해지기 때문에 어두운 곳에 있는 그림자가 쉽게 달라붙기도 한다. 이런 것을 '암흑효과'라고 한다.

3연의 '지나온 여정이 거울이 되는 것'에서 시인이 '그림자를 붙들고' 흐느끼는 것은. 자신이 자기 그림자에 붙들려 함께 지난 시간을 거슬러 올라가 고통스러운 순간을 다시 떠올리며 번뇌에 사로잡히는 순간이다.

무대 위에서 스포트라이트를 받는 것처럼 '누군가 자신을 쳐다본다'라고 생각하는 심리를 스포트라이트 효과

spotlight effect라고 한다. 어둠 속에서 촛불을 켜고 기도와 명상을 할 때도 잡심이 드는 순간도 마찬가지다.

사람들은 타인의 일에 그다지 신경 쓰지 않는다. 자기의 그림자를 자기가 붙드는 것도 마음에 불안함이 자리잡았기 때문이다. 어떤 일을 거듭할수록 피로가 쌓이고 주의와 집중력이 떨어져 능률도 오르지 않는다. 휴식과 적절한 시간 간격의 유지가 필요한데, 점심 공양 후에 바로 선원에 들어 선정에 들어가려고 하니 공연히 회상이 떠올라 마음이 번잡해져 그림자가 괴롭히는 것이다.

휴식이 필요한 순간이다. '생을 사랑하라 / 죽음도 사랑하라'며 '겸애가 등을 다독거리는' 순간 잠시 '부처님이나 예수님을 만나서 감사합니다' 하는 식곤증에서 깨어나 경내를 한 바퀴 돌고 소화를 시킨 후 다시 명상에 든다면, 그 순간이 바로 자신을 사랑하는 순간일 것이다.

사람들은 어떤 과제를 받으면 인지적으로 불평형 상태 不平衡 狀態가 된다. 만약 문제가 해결되지 않으면 그런 긴장은 지속되고 그 문제와 관련된 기억은 생생하게 남게 된다. 선정에 들기 위해 더 에너지를 쏟다 보면 더 많은 마군의 그림자가 달라붙어 수행을 방해받게 된다. 자신에게 사랑을 실천해야 할 순간이다. 마지막 행에서 그것을 깨달았으니 한 편의 시에서 가장 큰 발견을 한 셈이다.

황토밭 질펀한 길에
사락사락 자음과 모음으로 치맛단을 내리옵고
가슴속 깊이 맺힌 사연을 보내옵니다

오시는 길이 멀어서 아니 오시나
세월이 서릿발을 세워서
행여, 발이라도 다치실세라
고의적삼일랑 벗어서 언 땅에 깔았습니다

사뿐히 지르밟고 오시옵소서
오시다가 솔잣새 우는 소리를 들으셨나요
우리네 인연도 어긋나서
기다리다 바람맞아 구안괘사를 앓고 있사옵니다

혈 자리는 어디며
침은 얼마나 깊이 놓아야 합니까
북풍이 허리춤을 때리고 있사옵니다

— 〈억새 3〉 전문

어떤 목표를 세워놓고 끝없이 전진하던 사람들이 어느 날 더 이상 올라갈 데가 없다면 왠지 허무하고 공허해진다. 일에 자신의 에너지를 쏟아붓다가 어느 순간 그 일로부터 무력해진 자신이 소외당하면서 겪는 심리적, 행동증상들을 탈진증후군burnout syndrome이라고 한다.

누렇고 거무스름한 황토밭은 농사짓기엔 아주 토질이 좋은 땅이긴 하지만, 시인들이 표현하는 황토밭은 비만 오면 물 빠짐이 좋지 않아 질척거리는 길이고 인생에서는 몹시 힘든 질곡桎梏의 시간을 두고 이르는 말이다.

　1연에서 '사락사락 자음과 모음으로 치맛단을 내리옵고 / 가슴속 깊이 맺힌 사연'을 보낸다는 것은 씨줄과 날줄 같은 아름다운 언어의 조합이 아닌 황토밭처럼 뭉개진 마음속의 맺힌 이야기를 풀어낸다는 의미다.

　이 시에서 화자가 기다리는 임은 사람이 아닌 계절의 그리움이라고 할 수 있다. 2연 '고의적삼일랑 벗어서 언 땅에 갈았습니다.'라며 봄이 오길 갈망하는 간절함과 애틋함을 드러내고 있다. 3연에서 '오시다가 솔잣새 우는 소리를 들으셨나요.'라며 지나가는 바람에게 물어보며 북풍 찬바람에 구안괘사를 앓고 있는 심신의 괴로움을 드러내고 있다.

　4연에서 '혈 자리는 어디며 / 침은 얼마나 깊이 놓아야 합니까 / 북풍이 허리춤을 때리고 있사옵니다.'라며 찬바람 냉기 속에서 수행하는 과정이 너무 참혹할 정도로 힘이 들고 온 몸 구석구석 신경통이 괴롭혀 탈진 증후군에 이르렀다는 방증이기도 하다.

　풍수에서는 양지陽地 안에 음지陰地가 있고 음지 안에 양지가 있다고 전한다. 과로와 스트레스 불면이 원인인 구안괘사顔面神經痲痺: facial palsy는 따뜻한 혈 자리를 찾아 휴식을 취하고 풀어주어야 제자리로 돌아오는 질환이다.

　'혈 자리'를 찾음은 풍수적으로 따뜻한 명당을 뜻한다. 여기서 시인이 찾는 혈 자리는 춥지 않은 곳을 말하며 '침을 깊이 놓는다.'라는 의미는 얼마나 강도 높은 수행을 해야 해탈의 경지에 이르겠는지 스스로 반문하며 '억새밭' 저편 햇살을 보며 몸을 으스스 떨고 있는 상태로 보인다.

'북풍이 허리춤을 때리고 있사옵니다.'라는 내면에서 나오는 '오소서 임이시여 어서 오소서 간절히 기원 하옵니다'라는 발원문이라고 할 수 있다.

이 시의 핵심은 봄에 대한 간절한 기다림과 처절한 몸부림이다. 시인은 추위로 인한 심신의 고통을 견디다 못해 감정이 울컥 솟아 온몸을 떨고 있는 상태로 보인다. 마치 의인화된 시제로 임을 기다리는 듯 보이지만 강하고 질기며 억척스러운 '억새'라는 제목으로 겨울을 질겅질겅 씹어 먹고 있는 시인은 마음속으로 울고 있는 상태이다.

한 벌 먹물 승복과 파르라니 깎은 머리를 덮은 털모자와 방한화가 따뜻해 보이지 않고 이 겨울에 너무 춥게만 느껴지지만, 그래도 계절의 순환은 어김없이 오는 법이기에 화자의 간절한 마음처럼 함께 두 손 모아 기원해본다. 이제 곧 다가올 계절은 희망이기 때문이다.

나가며

시인의 시선은 대상을 관찰하고 표현해낼 때 단어가 가진 이면의 의미에 충실하고 민감해야 한다. 고제웅 시인은 시집 《산문의 살림살이》에서 많은 시편을 통해 산사에서 자연의 대상물을 관찰하고 느끼는 감정을 마치 선계仙界의 선인仙人들이 선문답을 통해 대화하듯 작품을 토해내고 있다.

단어가 함축하고 있는 의미를 지워버리기보다 수도생활을 통해 얻은 깨달음으로 투영하여 가능한 한 많은 의미를 지키고자 시도한 작품들이 두드러지게 보였다. 선택한 시어들도 시인이 시를 쓰면서 표현하고자 했던 감정이나 이미지들을 흩어지지 않게 충실히 담아내고 있다.

산사山寺에서의 고독과 쓸쓸함, 그리움의 정서를 온전히 부처를 향한 열망으로 환치換置 시키며 그 모든 자연의 대상물과 자신을 투영하는 과정에서 인고忍苦의 세월을 담담하게 대긍정大肯定으로 정화시켜 내었다. 시에서 단어의 의미를 함축할 때 언어의 핵심을 흩어지지 않게 단단히 움켜쥐며 시인의 심상心象을 잘 나타내고 있었고, 오랜 세월 항아리에서 푹 익힌 장이나 묵은지를 꺼내 먹듯 감칠맛이 나는 작품들이 많았다.

고제웅 시인의 작품은 고요한 명상을 통해 복잡한 체험으로 많은 스트레스와 정신적 고통을 겪는 현대인들에게 편안한 안식과 카타르시스catharsis를 전해주는 '치유시'라고 할 수 있고, 선문답 같은 단어의 신선한 조합을 통해 새로운 세상을 여는 하나의 방법을 제공해주고 있다.

시를 쓰는 많은 시인들도 그렇지만 일반인들도 대부분 대상물을 시적 비유나 은유보다 단순한 언어의 조합을 나열한 이야기들이 많은 게 사실이다. 시를 읽는 독자들은 시에서 언어의 핵심인 특별함을 보려고 한다. 그것은 일반인들도 시인은 아니지만 이미 상당한 수준의 언어능력이나 지적 수준으로 독해력을 갖추어져 있다.

고제웅 시인은 작품에서 개인들이 가지고 있는 일상을 예리한 시선으로 관찰하고 흩어지지 않게 단단히 움

켜줘며 함께 영적 대화를 나누도록 충실한 가이드 역할을 해주고 있다.

시인과 자연의 대상물이 나누는 대화를 독자들에게도 제공하며 대상에 대한 투영을 통해 심신의 정화를 느끼도록 해주는 '치유시'는 마음이 아픈 이들을 위로해주는 약사여래불藥師如來佛의 약이 담긴 그릇이라고 할 수 있다.

좋은 시인이 될 수 없다면 좋은 시를 많이 읽으면 우리의 마음이 평안을 얻을 수가 있다. 직장인들이 퇴근 무렵인 매일 오후 6시면 어김없이 라디오에서 방송인 배철수 씨의 멘트가 나온다. 가끔씩 좋은 시를 한편씩 골라 읽어주며 음악방송을 하는데, 하루의 근로로 지친 직장인들이 퇴근할 때 또는 집으로 돌아갔을 때 마음의 위로와 함께 휴식을 취하는 데 많은 도움이 된다.

남에게 이로움을 줄 수 없다면 그건 언어폭력이며 쓰레기라고도 할 수 있다. 타인들에게 유익함을 줄 수 있을 때 진정한 좋은 시라고 할 수 있다. 고제웅 시인의 시편 하나하나가 바로 그런 시라고 할 수 있다. 시인과 독자가 함께 호흡하며 영적 대화를 나누는 그 순간이 바로 선문답임과 동시에 교리문답이며 영혼의 휴식을 취할 수 있는 때라고 할 수 있다.

산문의 살림살이

메주 고제웅 시집

초 판 인 쇄	|	2022년 1월 25일
발 행 일 자	|	2022년 2월 02일
지 은 이	|	메주 고제웅
펴 낸 이	|	김연주
펴 낸 곳	|	도서출판 성연
등 록	|	(등록 제2021-000008호)경남 창원
홈 페 이 지	|	https://cafe.daum.net/seongyeon2021
디 자 인	|	배선영
편 집 인	|	성화룡
메 일	|	baekim2003@daum.net
전 자 팩 스	|	0504-205-5758
연 락 처	|	010-3325-5758
정 가	|	12,000원
제 어 번 호	|	ISBN-979-11-973709-3-9-13800

이 도서의 출판예정도서 목록(CIP)은 979-11-973709-4-6(03800)
국립중앙도서관 서지정보유통지원시스템 홈페이지(http://seoji.nl.go.kr/)와
국가자료목록시스템(http://www.nl.go.kr/kolisnet)에서 이용할 수 있습니다.